余事勿取

Don't take the rest

魏思孝 —— 著

上海文艺出版社

新版前言

这本书第一版的介绍语是我写的,里面有句话,这是魏思孝迄今为止最成熟且动人的小说。2018年,写完这本书,在挺长的时间(大概有两三年),我都挺满意,也期待上市后的读者反馈。这说明,在《余事勿取》之前,我确实对自己的创作不太满意。2020年8月,书出来,至今已有两年半。再回看这句话,多少有些汗颜。对它的期待,当然也没有那么高了,我自以为已经写出了更好的作品。但《余事勿取》确为我第一本受到不少朋友认可和赞誉的小说。

如今写这篇小文,除了映照我当初的自鸣得意,似乎也没有其他可多说的。此刻,我无疑是清醒的,也对过去的自己有了更明晰的判断。书出来后,我就没再看过,里面一些情节和人物,我也记不清了。后来,有人再问我《余事勿取》文学上的意义,我简单且有些粗暴地说,这本书,成功塑造了一个中国式的农民形象——卫学金。创作的初衷,是刻画三个不同年代的乡村男性,侯军和卫华邦,都有些不足。原因在于,我对侯军过于陌生,卫华邦又是以自身为原型。距离太远或太近,都是障碍。只有卫学金——原型是我父亲,我有了一个更舒适的书写位置。

前不久,我姐发给我两张照片,是她当初结婚录像的截图。经过差不多十五年,画质模糊,已有时间赋予的颗粒感。亲戚等十几个人,分坐两排,前排中间坐着我的父母。里面没我,当时我在外地上学。腊月,天寒地冻,我借口快要考试了,没有回去。我能想象出,当时亲友们聚集在家里的场景,慌乱,寒冷,疲惫,一如后来我结婚时。父亲的样貌,和小说中"卫学金"的吻合。母亲的样貌,也和小说中"付英华"的吻合。十五年过去了,照片中,有些亲友已经不在。我看着照片,很是懊悔,因当时的懒惰,没有回去参加我姐的婚礼。这些年里,我时而想到这件事,每次都充满自责。这份愧疚,放在这里。

魏思孝

2023 年 2 月 11 日

目录

新版前言 / 1

第一章　侯军 / 1
　　壹·楔子 / 3
　　贰·死讯 / 4
　　叁·葬礼 / 29
　　肆·落网 / 61

第二章　卫学金 / 75
　　壹·楔子 / 77
　　贰·失业 / 84
　　叁·查体 / 119
　　肆·命案 / 165

第三章　卫华邦　　　　　　　／ **193**

　　壹·回家　　　　　　　／ 195

　　贰·烧纸　　　　　　　／ 209

　　叁·后来　　　　　　　／ 223

交响乐与安魂曲（代后记）/项静　　／ **225**

第一章

侯军

壹 楔子

2007年12月7日早晨,张店四宝山劳务市场路旁的小树林里,一名工人准备小解时,发现一男子全身赤裸着跪在一棵树旁。警方接到报警后立即赶到现场,裸身男子已死去。经过勘察,死者双手被自己的秋衣裤绑在一棵树上,全身跪伏。其衣裤散落在周边。尸体旁的一根木棍上面有血痕。民警在死者不远处的路边,发现了一辆摩托车。

贰　死讯

| 公历 | 公元 2007 年 12 月 5 日 星期三
| 农历 | 二零零七年 十月(大)廿六
| 干支 | 丁亥年 辛亥月 癸酉日
| 生肖 | 属猪
|24 节气| 大雪(12 月 7 日) 冬至(12 月 22 日)
| 宜 | 祭祀 沐浴 成服 除服 结网 入殓 移柩
| 忌 | 结婚 开工 开业 安床 安葬 交易 开张 作灶 修坟 开市 嫁娶 出货财

　　在安乐街吉星旅馆的这两个月，侯军的生活十分规律。十点左右起床，简单洗漱后，在汽车站前面移动的摊位上买点吃的——煎饼果子、手抓饼、肉夹馍等，走进街口的新贵网吧。在等待电脑开机的过程中，侯军急忙吃着饭，开机后，他简单浏览了屏幕跳出来的新闻，然后戴上耳机听音

乐,在QQ空间里写点人生感悟,有时长有时短,长不过几百字,短则几个字。他昨天写的是,人都喜欢成功的感觉。有人在下面回复了大拇指的表情。今天他写的是,一个人与一个时代的战争。这是他突然想到的一句话,没什么特别的意思,大概因为这两天的气温降得厉害,确实有种悲凉和孤独感。之前的日记,浏览次数最多的是10月7日,失恋不一定是坏事,可能是你下一个幸福的开始。有十五个人浏览,三个人回复。"孤夜浪子"在下面回复,人生苦短,享受生活。"孤夜浪子"是王立昌,此时正躺在离新贵网吧三公里远的市第八人民医院的重症监护室里。

网吧人还不多,有几个通宵的在角落里埋头睡觉。睡眼惺忪的网管小郑端着一碗刚泡好的方便面,站在侯军的后面。小郑十九岁,在新贵网吧当了半年的网管。长期的作息不规律和缺乏户外活动,让小郑瘦骨嶙峋、脸色苍白。已经是冬天了,他还穿着侯军第一次来网吧时见到的黑色卫衣。除了小郑的年龄,侯军还知道,他家是高青的,高中因为逃课玩网游被开除。来张店半年了,没别的技术,又吃不了苦,能熬夜又懂点电脑。当网管,小郑每天工资十五块,管吃住,每个月还给家里寄四百块钱。

小郑话多,爱指挥别人玩游戏。见侯军很快把自己玩死了,小郑在身后扼腕感慨。侯军已经意识到,游戏是逐渐让人失望的过程,这当然受技能的局限,他只是想获得一种参与感，就像在网吧里，大家玩得兴起不时破口大骂，安静地坐在一旁是不合时宜的。

小郑也问过侯军的情况。侯军对他说自己二十三岁，实际上他已经二十九了。小郑还想知道些什么，侯军知无不言，但多半都是他瞎编的。比如，小郑问侯军靠什么生活？侯军撩开上衣露出胸膛上一道六厘米左右的伤疤，轻描淡写地说，让人砍了一刀，赔了七万块钱。小郑问，怎么砍的？侯军说，和人打架。小郑又问，打架，为什么要赔你钱？侯军说，砍我的人家里有钱，他找另外的人顶罪，七万块钱是封口费。小郑说，这种好事，我怎么碰不到呢？侯军说，小命差点丢了。小郑对他另眼相看，改叫军哥。

实际上，胸口的伤疤是侯军那神志不清的母亲吕慧琴在2001年砍的。除了胸口，侯军的身上还有大大小小十几处伤疤，大多也是母亲留下的。胸口伤疤愈合后，吕慧琴在下一次的精神失常中，拿着菜刀去良乡物流园砍人，被一个江苏的货车司机拿扳手敲死了。司机觉得侯军这家人可怜，协议赔偿了五万块。其中的三万块侯军赔偿了被吕慧琴砍伤的四个路人，剩下的两万块，侯军和妹妹侯娟平分。侯军用六千块钱买了辆摩托车，剩下的到了年底也花完了。

小郑从侯军放在桌子上的烟盒里抽出一根烟，对他拙劣的游戏技术不时叹气。侯军退出游戏，说，别在我后面站着。小郑说，没事，你玩你的。侯军问，你有事吗？小郑笑起来,军哥,身上还有钱吗?侯军说,没有。小郑说,天冷了,想买件羽绒服,工资还没发。侯军说,我有件不穿的,送给你。小郑又说,也不只是羽绒服。这几天,小郑在网上认识个姑娘,昨天姑娘终于同意见面。他不仅要买羽绒服,还要请姑娘吃饭,如果顺利的话,开房的费用必不可少。本来小郑要向老板刘姐预支工资,但是昨天晚上三台机器的硬盘被人偷了。刘姐对小郑说,硬盘追不回来,损失要从他的工资里扣。三台机器的硬盘,少说也得两千块,小郑不吃不喝要干上四个月。

说了这些,侯军也没把钱借给小郑。一是,他和小郑谈不上有什么交情。二是,侯军的身上只有一千多块。按照小郑说的,至少要借给他五百块。吃饭怎么着也得找个像样的馆子,少说也要一百块,住酒店的话,就算是标间一晚上也要一百多,说不定还要多住几晚。侯军说,火车站边上这么多餐馆,两个人二三十就吃得挺好,咱这条街上的小旅馆,一个床铺十块钱,单间的话也才三十。小郑觉得他的这份爱情不应该这么廉价去对待。安乐街上的这些旅馆,先不说环境太简陋,还都有色情服务。他想和姑娘住火车站对面的玫瑰大酒店,从网上查了下是三星级。侯军忍不住笑起来,还他妈的三星级。小郑没说话,转头走了。侯军把他叫了回来,你有钱。小郑说,我有没有钱我还不知道吗?侯军看了下四周,没什么人,他问,网吧一天的营业额大概多少？小郑说，一百多台机子，一天平均下来不到一千五吧。侯军笑起来。小郑顿了会，跟着笑起来。

两个月以来，侯军按照一天两三部的速度，先是港片然后日韩和好莱坞，最后又是国产电影，不禁也把自己想象成了电影中的人物，这在一定程度上影响到了他的行为举止。本来少言寡语的他变得更加沉默，却又喜欢盯着别人的眼睛，等待着对方能有所表示。像刚才和小郑的交谈，是他难得去表达的时刻。这也是因为小郑是电影里微不足道的无脑小人物，只能被命运牵着鼻子走。侯军认为小郑也确实应该在生活中历经一番风雨，继续留在这个网吧，唯一的前途也只是腐烂而已。

充当导师的幻觉，让侯军的心情短暂地愉悦起来，当然还没有丧失理智到认为自己会是命运主宰的地步。他给自己的定位是生活的旁观者，试着尽量去观察而不是冒失地去参与。这么多年，他也是这样过来的。同龄人陆续进入了娶妻生子的轨道中，只剩下他还在游荡。妹妹侯娟多次催促过他，但这并不是他想去做就能实现的，何况侯军压根也不想如此。别的不说，他对邓蓉还有着一丝的幻想。

侯军看了一段时间的历史纪录片，从"一战"到"二战"以及"冷战"，那些黑白的影像以及惨无人道的战争场面，不仅没有填补他空虚的内心，倒让他感悟到了人生在世的虚无感。从上周起，他开始看《法治进行时》《今日说法》等普法节目。真实的同时又不乏悬念,无论开始多么复杂、毫无头绪的案件,最终都被破获了。一个案件结束后,主持人和专家还坐着侃侃而谈,普及一下法律知识。侯军清楚地知道,他属于这些人口中需要震慑的潜在犯罪分子。从一期名叫"为情杀人"的节目里,他看到自己和邓蓉的影子,并不由自主地联想到,主持人略带威严的嗓音,娓娓道出他俩的故事。

2007年9月14日晚上,良乡张家村的村民侯军和两个同事从新村路的一家饭馆出来,骑着摩托车来到火车站。车站前面的广场上许多纳凉的群众正伴着音乐跳舞,侯军一行三人蹲在路沿石上,加入到观看的队伍中。这是北方普通的夏季夜晚,天气预报说的雷阵雨迟迟未下,空气中弥漫着潮湿的水汽,让人稍微一活动就大汗淋漓。"淄博火车站"五个红色的灯光字,像是悬挂在半空中。不时有旅客提着行李经过广场,其中体态妖娆的女性让侯军等人意识到了孤独和内心的渴望。与朝北的火车站相对的天乐园,是座六层楼高的娱乐场所,半年前刚进行了重新装修,楼面加装的LED显示屏正在播放韩国某女子团体的劲歌热舞。侯军一行人穿过马路,来到了天乐园的前面,仰着头看着歌舞表演。不时进出天乐园的汽车和走下来的高挑女郎,让这个夜晚更加躁热。天空下起的细雨,不但没有浇灭他们内心灼热的欲望,却预兆着这个夜晚应该会发生点什么。

天乐园浮夸的外观以及所代表的不菲消费水平,轻松地和侯军们划清了界限。经过天乐园,往西走不到五十米,是一条两旁林立着旅馆和按摩店拥挤杂乱的巷子。这条丁字型的巷子,大家私底下称为安乐街。侯军他们慢悠悠地走在街上,打量着招揽顾客的小姐。昏暗灯光下的浓妆艳抹和夸张的衣着,让他们有些眼花缭乱。两个同事被热情的大妈一把拽进去,再也没出来。走到吉星旅馆,侯军看到坐在玻璃后面抽烟的邓蓉。邓蓉朝他招手。侯军走过去。邓蓉操着蹩脚的山西普通话说,大哥,进来避下雨吧。

邓蓉下身穿着一件黑色的皮裙,上身是领口过大能看到白色胸衣的裹身短袖。她跷腿坐在凳子上,脚上趿拉着黑色的高跟拖鞋,脚趾上的红色指甲油有些掉色了。行人少了,店门外堆放的杂物以及立着的"音像制品""保健品""十元住宿"等红色招牌,让街面显得没有那么空旷。眼前这一切,让侯军感到一丝的温暖。身后不知哪个房间里,传来此起彼伏的呻吟声。邓蓉说,这雨下得挺大。侯军点了下头。

如今回想起来,邓蓉娴熟的抽烟姿势,小腹鼓起的赘肉,浓重的粉底和夸张的假睫毛,让侯军想到了电影《出租车司机》里上世纪七八十年代纽约贫民区的站街女郎,放荡之中夹杂着对生活的无声反抗。邓蓉的不主动和无所谓的态度,激起了他的性欲。后来侯军和邓蓉并躺在床上看着天花板上的吊扇，问她为什么对他这么冷淡？邓蓉把头放在侯军的胸前，我只是有点累了。她抚摸着侯军的疤痕，你这是怎么弄的？侯军说，我妈砍的。邓蓉说，你们男的没句实话。邓蓉错了，从认识的这一刻，侯军对她说的每句话都是真的。两个月后，邓蓉不辞而别。侯军扬言要杀了她，但还没有兑现。

遇到邓蓉之前，侯军有差不多两年的时间感情是空白的。2005年，二十七岁的侯军经人介绍，认识了饭馆服务员李莹。李莹接受了侯军阴郁沉默的性格，以及他破败的家庭——包括父母的双亡，以及房屋。而侯军毫无节制的花销和游手好闲的做派，在李莹看来，也属于可以改造的范畴。李莹畅想未来的美好生活，比如让侯军学厨师，在良乡物流园的边上也开个家常菜馆，收入稳定后再生几个孩子，最好是一男一女。考虑到侯家是外来户又人丁稀少，侯军想要多生几个开枝散叶，李莹也没什么意见。李莹勤俭持家与人为善的性格和她看起来能生养的屁股，理所应当有个稳定幸福的家庭。但侯军并不想去追求稳定，提出分手也是他自省后的理性判断。他不想耽误李莹，更不想去学什么狗屁厨师。李莹说，你不想学，我可以去学，你安心当老板收钱就行了。侯军也不想去当什么狗屁老板。李莹问他，自己哪点做得不好？侯军只是觉得婚姻和家庭像是枷锁，会束缚住自己。这话在李莹看来，像是找借口。

一个多月的相处，李莹给侯军在集市上买过袜子和内裤；知道他喜欢吃苹果，也从并不宽裕的工资里拿出钱买了一箱。晚上两个人在路上散步，李莹挽着侯军的手，说得最多的是她在饭馆偷听到的那些长途货车司机的对话。比如哪个人出了车祸，哪个车的油在外省又被偷了。侯军觉得这都没什么意思。有时，李莹也想听侯军说他在工厂里的一些事。侯军想了下说，没什么事。

李莹家是日照的，弟弟大学毕业后在物流园上班，一眼就看穿了侯军，私底下让他离李莹远一点。当天晚上侯军把李莹喊出来，在小旅馆里把她睡了。趴在李莹的身上，侯军闻到了油烟味，性事草草收场。李莹穿上碎花的四角内裤，蹲在水泥地上哭了起来。侯军躺在床上抽着烟，哭泣声让他心烦意乱。李莹爬上床，依偎在侯军的怀中问他，是不是对自己不满意？侯军说，没有，还可以再来一次。第二次，李莹没有了第一次的拘谨，她大声喊叫了出来，情到浓处，她问侯军爱不爱自己？侯军躺在床上，看着李莹。李莹娇喘着说，我稀罕你。分手后，李莹辞掉工作回了日照，侯军再也没见过她。

在后来孤独和毫无舒适可言的两年中，侯军偶尔会想起李莹，却从不掺杂任何情欲的成分。和李莹朴素的外观相比，侯军天生白净柔弱的样子，让人产生一种怜悯感。李莹总是深情地看着他，忍不住地笑。侯军认为这是女人在恋爱中无脑的表现,也不失为讨好他的方式。过去了很久,侯军在心底很不情愿地承认,除了李莹,没有人在乎过他。也只有李莹试图去靠近侯军的内心,相信他有潜力去生活得更好,而不只是一个软弱无能、没心没肺的混子。

两年中,侯军在每个工厂干活都超不过三个月,休息一个多月,钱花得差不多后再找工作。初中肄业的侯军,是驾驶技术一般的吊车司机、能做出飘逸动作的仓库叉车司机、爱偷懒的装卸工、对油漆过敏的搅拌工、五级(初级)钳工。他学过车,考出了科目一,酒后从仓库摔下来,左脚骨裂,到现在也没拿出驾照。脚养好了后,他在某电机公司当钳工,试用期还没过的一天晚上,他和同事出来喝酒,在吉星旅馆认识了邓蓉。

几天后的晚上,侯军再次来到吉星旅馆,上次天黑加上心情紧张,没来得及注意环境。吉星旅馆的前台是块延伸出的几平方的铝合金玻璃柜台,柜台后面的货架上摆放着稀疏的日用品和饮料。靠墙的位置是张布制的长条沙发,上面散落着扑克牌。老板许桂英四十出头,是当地人,三年前花了两万块钱盘过来这个旅馆,没怎么装修,从旧货市场添置了几台电视机、一台饮水机和侯军坐着的这张沙发。侯军说要找邓蓉。许桂英说她正在接客,让他等会。她穿着一件起皱的露出后背赘肉的吊带裙,留着与年龄不相符的刘海,宽腮阔嘴的脸上抹着粉,被电视上正在演的家庭剧所吸引,倦怠的表情随着剧情做出细微的变化。许桂英不时地看一眼侯军,挤出一丝笑容说,很快就出来了。侯军留给许桂英的第一印象不错,和来光顾的那些粗鄙的、爱开荤段子的农民工不同。眼前的侯军上身穿着一件浅灰色的短袖,下身是一条牛仔裤,刚洗过的头发已经被汗水打湿,他往后撩了几下,尽量露出额头,显得精神一点,安静局促充满警惕地看着周围。许桂英问,以前来过吗?侯军点了下头。

一个姑娘进来,把三盒炒饭放在柜台上。许桂英说,小伙子,别等小蓉了。她指着正在吃炒饭的姑娘,她怎么样?侯军说,我等会吧。姑娘嘴里含着米饭说,哎呀,还看不上我呢。许桂英说,小伙子还挺专一的。姑娘倚着柜台,手里拿着炒饭问,你吃饭了吗?侯军说,还没。姑娘说,不吃你体力跟不上吧。说完,她笑起来。许桂英点了下她的脑袋,吃饭还堵不上你的嘴。

一个黝黑的中年男子从某个房间急匆匆出来,和许桂英打了个招呼,出了门。许桂英说,下次再来。邓蓉边扎着头发边出来,看到了坐在沙发上的侯军。侯军微微站起点头示意了一下。许桂英说,等你呢。邓蓉叹了口气说,我先吃饭。她拿着盒饭,坐在沙发上吃起来。侯军往边靠了下,我前几天来过。邓蓉看了眼侯军,是你啊,刚才没认出来。姑娘插嘴说,怪不得专门等你,原来是老主顾了。

单人床上铺着凉席，上面是条蓝色的毛巾被。角落的柜子上有台老式彩色电视机正在放广告，邓蓉用遥控器把电视的音量调高，关上门说，一起脱吧。垃圾桶里，有卫生纸和用掉的避孕套。侯军看着床铺，刚才你和那男的就在这里做的吧。邓蓉说，你要是觉得别扭，我们换个房间。邓蓉脱掉上衣准备解胸罩。侯军说，你这么急干什么？邓蓉说，我是怕你急。侯军说，我不急。邓蓉，那你在这坐会，我出去把饭吃完。侯军说，说会话，耽误不了你多长时间。邓蓉穿上衣服。侯军拿出烟，两个人一起点上。邓蓉说，想说什么，说吧。侯军问，你一个月赚多少钱？邓蓉说，分情况，时多时少。侯军问，平均下来多少？邓蓉说，六七千吧。侯军表面没怎么样，心里有些吃惊，赶上他两个人赚的了。他从钱包里拿出身份证递给邓蓉。邓蓉看了眼，问他怎么了？侯军说，我给你七千，你陪我一个月。邓蓉说，你没必要这样，有空来这里不就行了。侯军说，我不想你陪别人。邓蓉摸了下侯军的脸，小哥，你不会是喜欢上我了吧。

几分钟后，邓蓉进来和他谈了条件，除去要给她的七千，还要再给许桂英一万块的赎身费。每单生意邓蓉都要给许桂英提成，她一个月不在，提成不能免了。见侯军有些犹豫，邓蓉说，有这些钱谈个正经的女朋友多好。侯军说，我明天把钱送过来。

第二天上午，侯军来到吉星旅馆的时候，邓蓉还在租住的地方睡觉。他去了安乐街路口边上的新贵网吧,不知道干什么,听了几首歌,看了会电影,打了一会斗地主。快到十一点的时候,又去了吉星旅馆。坐了一会,邓蓉提着行李箱进来,脸上没化妆,能看出日晒斑和皱纹,身上是一件偏保守的红色连衣裙。后来他对邓蓉说,他更喜欢这样的装扮。把钱给了许桂英,侯军骑着摩托车载着邓蓉去了玫瑰大酒店旁边的工商银行。存好钱后,他们来到良乡小区。

当初良乡建物流园,几个村拆迁后,在附近划地建了居民楼。侯军所在的村,不在拆迁的范围内。侯娟的初中同学宋玉杰拆迁后分了两套房子,前年两个人结婚住在小区里。宋玉杰初中上完后,又读了两年中专,退学后先和他爸跑了一年长途车。他爸出车祸死了后,宋玉杰子承父业,在物流园开货车,多在山东和江浙一带往返。宋玉杰的母亲不喜欢小孩,在小区的一家包子铺帮工。侯娟的父母也都死去多年,儿子长到八个月大,都是她自己带。

昨天晚上,从吉星旅馆出来,侯军去了妹妹家。侯军说他谈了个女朋友,对方家里要见面礼。侯娟还想仔细问几句,侯军不高兴了,让她痛快点把钱拿出来。钱给了侯军,侯娟要他第二天领嫂子过来,一家人见个面。路上,侯军把事情的缘由和邓蓉说了。邓蓉打怵,我该怎么说?侯军说,你尽量往好里说。邓蓉问,什么才算是好?你就说在旅馆里当服务员。对了,你家是哪里的?邓蓉说,山西。

到了良乡小区，侯军在水果摊上买了西瓜和桃子，把邓蓉的行李箱寄存了下。侯娟从小区的莱芜炒鸡店里买了盆炒鸡，自己做了两个凉菜，一个拍黄瓜，一个凉拌三丝。侯军和邓蓉喝啤酒，还在母乳期的侯娟喝果汁。得知邓蓉家在山西后，侯娟面露难色，有点远，平时回娘家也不方便。侯军不高兴，远不远和你有什么关系，你还管得着你嫂子了？邓蓉说，我平时也很少回去。侯娟又问邓蓉的家庭情况。邓蓉给侯军使了个眼色。侯军拍了下桌子，你管那么多干什么！侯娟又问邓蓉的工作情况。侯军说，你初中毕业也干过服务员，有什么好问的。吃完饭，侯军抱着外甥在沙发上听儿歌。侯娟和邓蓉在厨房里刷碗。她拿出一串银耳坠，交给邓蓉。父母走得早，侯军没人管教，有点闲散，希望她能多管一下他。邓蓉收下礼物，说他俩会好好相处。

侯军家的房子，北屋的三间是砖瓦房，大门是老式的房檐木门，东西偏房只是打了地基。砖瓦房也没抹水泥和贴瓷砖，裸露着砖面。1995年，房子盖到一半，侯军父亲侯春生死了。那年侯军十七岁，去镇上的供销社买灯泡，回来看到侯春生依偎在砌到一半的墙角，手里拿着砌刀，像是睡着了。侯军过去说，爸，屋里睡去吧。侯春生没说话。侯军晃了下他，侯春生顺势倒下。

侯春生活着的时候，很少说起老家寿光的事。侯军只知道，老家人死得早，侯春生二十多岁和同乡从寿光来淄博火车站扛大包。货运站的刘站长是良乡的,看侯春生人老实肯卖力气,帮他把户口落下。扛了几年大包,侯春生腰肌劳损,干不了重活。平时除了种地,也搞过一阵子的养殖,先是养猪,后来养鸡,都没成什么气候。快四十岁的时候,和同村的吕慧琴结婚。吕慧琴比侯春生小九岁,学说话的年纪发高烧成了聋哑人,虽然听不见还会说点话,后来不愿意说话,也不会说了,想说的时候吐出来的都是呜呜喳喳的象声词。

生了一儿一女后,吕慧琴精神有了问题,好的时候手脚勤快,家务活和农活都能帮上手;不好的时候,看见东西就砸。侯春生带她去洪山精神病医院看过,间歇性精神分裂,吃过一阵子的药。总是反复,侯春生也没了耐心。在外面和人聊起天,谈到吕慧琴,侯春生就叹气,扔下句,就当是家里养了条疯狗吧。吕慧琴出生在市传染病医院山下的马庄,上面两个姐姐下面一个弟弟。三年"困难时期"父母死的时候,吕慧琴三岁还不记事。姐弟四人分别被人收养。良乡张家村没有子女的吕姓夫妇收养了吕慧琴。吕慧琴精神出问题的时候,养父母已经死了。娘家没人,后来姐弟和吕慧琴认亲,也有些走动。侯春生不给吕慧琴治病,姐弟不同意,来找他。侯春生说,不是不想给她治,没钱不说,这病也不好治。姐弟借给他钱。侯春生把这钱用在了别的地方。

亲戚虽然不多,侯春生走得有些热闹,出殡的当天,吕慧琴受了刺激,拿着菜刀嘴巴里呜呜喳喳地砍断了扎灵堂的竹竿。侯军抱着侯春生的遗像在村子里跑,吕慧琴在后面追。丧事草草收场。清醒过来后,吕慧琴打着手势比量着侯春生一米六的矮个头,做出黑猩猩走路的姿势——侯春生腰疼,走路打晃。侯军抽出一根麦秸,用打火机烧掉,然后指着地,死了,烧了,埋了。吕慧琴蹲在地上,哇哇哭了起来。

从那以后,吕慧琴的病情加重,发病的频率高了,不仅砸东西还喜欢打人。初中一年级的侯娟被大姨接走,留下侯军在家里照顾母亲的饮食起居。家里的菜刀藏了起来,梯子劈了当柴火,用砖加盖了院墙,白天出门干活的时候锁上大门,晚上睡觉的时候把卧室门反锁,侯军总是担心在睡梦中被母亲砍死,要不就是母亲跑了,再也不回来。一天看不见人,吕慧琴心里有火,拿着棍子打侯军。侯军被打急眼的时候也还手。母子二人,身上总有好不了的伤。

庭院里铺着石板,野草从缝隙里冒出来。看着家里的这些痕迹,侯军把这些事告诉了邓蓉。北屋的墙面上有行英文短句"hou jun is a bad boy"。侯军让侯娟跟着大姨生活,侯娟不想去,用学的几句英语写的。客厅里的沙发和桌椅,留着吕慧琴砍过的痕迹。大衣柜的门掉了,衣服胡乱堆放在里面。报纸糊的天花板上漏了几个窟窿,蜘蛛结了网。

吕慧琴的卧室里,双人床上堆放着发霉了的衣物,地上几十袋今年打下来的小麦。侯军家的三亩地让别人种着,租种的人家收了粮食给他们几袋,算是承包费。

侯军的卧室在东边,进门后靠窗的位置是一个采暖炉,铁制的烟筒被熏得有些发黑。一张单人床,一台落地扇,桌子上有台电视机,屏幕上落了一层灰。邓蓉站在房间里,有些无所适从。侯军说,没来得及收拾。他打开电视,随便调了一个台,午后的电视里几个老年专家正在奋力推销能治愈各种疑难杂症的神药。侯军把被褥拿到外面晾晒。邓蓉拿起镜子,透过镜面,看到身后墙上贴着的两张海报,上面写着"1998年世界杯"。侯军进来,手里拿着两颗从院子的石榴树上摘下的石榴,给了邓蓉一颗。邓蓉说,剥起来太费劲了。侯军说,那我给你剥。邓蓉指着海报问,这两个人是谁?左边穿红衣服的是克罗地亚的苏克,侯军说,右边穿蓝衣服的是法国的齐达内。邓蓉问,你喜欢踢足球?侯军说,以前喜欢。剥好石榴,侯军放到邓蓉的手心里,两个人边吃边看电视。

这天夜里,他俩做了五次爱。前两次侯军没在状态,第三次持续了半个小时,邓蓉的膝盖在粗糙的凉席上磨破了皮,第四次是在凌晨一点多,邓蓉从熟睡中醒来,发现自己的两只手被反绑在后面,侯军骑在她的身上。邓蓉感到下体一阵灼人的疼痛,她喊了几声,慢点。侯军一声不吭,完事后,他躺在床上说了些什么。邓蓉没听清,很快又睡了过去。第五次是凌晨四点,邓蓉摸黑上厕所,回来后不小心压到了侯军的胳膊。侯军问她,几点了?邓蓉出去的时候,看到天空刚发亮,便说,还早。侯军把手放在邓蓉的下体,揉搓了几下。邓蓉有些生气,却求饶道,可以了。侯军说,你上来吧。邓蓉想了下,趴上去。她闭上眼睛,想让这一切尽快结束。

落地扇吹了一整夜。早上醒来看到身边赤裸的邓蓉,侯军没立刻起床,侧着脸端详着邓蓉腰间的赘肉、下坠的屁股、散乱的头发,当然还有她沉睡的脸。听着鸟叫,他确信这是个美好的早晨,心中涌现出久违的幸福,想立刻去为邓蓉做些什么。他从物流园边上的早餐摊买了蒸包和八宝粥,又去小卖部买了牙膏、牙刷、香皂、毛巾等洗漱用品。邓蓉穿着吊带裙在庭院里洗头发。侯军说,没烧热水,别着凉。邓蓉说,习惯用凉水了。吃完饭,两个人到市区的兴学街上买了床单和太空棉被。换上床单,铺上桌布,卧室显得干净和有些条理。长这么大,侯军也第一次体会到家里有女人是什么样的。侯军把工作辞了,买了煤气灶,在家里做饭。侯军喜欢吃邓蓉做的臊子面。有时侯军也炒菜,味道偏重。为了方便邓蓉洗澡,侯军花一千多块钱安装了太阳能热水器。这才九月底,还要再热一阵子,他去旧货市场买了个空调。吃了晚饭,侯军和邓蓉去村外的林荫道上散步。

看到来往的村民，侯军主动打招呼。以前，侯军觉得自己是被遗弃的，村里人总拿异样的眼光来看自己。如今，他对这个世界也没有那么嫉恨了。

侯春生和吕慧琴相继死后，2000年，侯军去了济南，先是跟着人搞装修，后来嫌累又去工地帮人开挖掘机。挖掘机的司机是济南本地人，也姓侯。遇到不麻烦的活，让侯军上去挖儿下。侯师傅看侯军话不多脑子灵光，让他去蓝翔技校考个证书，也算有个安身立命的本事。有天晚上下大雨，工地停工，侯军和侯师傅在夜市上喝酒，和旁边的一桌身上文龙画虎的发生了口角，骂自己侯军能忍，但他们要"操侯师傅的娘"。侯师傅的娘刚查出来肺癌，侯军拿起摊上的菜刀，把其中一个人的胳膊砍耷拉了。侯军跑回了家，第二天，警察把他带走的时候，村里的人夹道观看，平日里不吭不响的人做了个大事。侯军的几个亲戚凑了钱，按照民事纠纷了结。住了阵子看守所的侯军，学成归来，单薄的人生履历镀了一层金。从这之后，村里人虽然瞧不起他，但言语中多了一分敬畏。众人态度的变化，让侯军很享受。

起初几天，侯军和邓蓉大部分时间是在床上度过的，卧室里弥漫着他俩体液的味道。连续下了三天的雨，白天气温还维持在三十度左右，早晨和傍晚不再那么炎热。侯军和邓蓉计划去周边短途旅游。虽然在这里已经生活了二十多年，侯军的活动都局限于方圆十几里路，有些名气的旅游景点都没留下他的身影。一方面,他不是那种喜欢走动的人;另一方面,没有人陪伴的旅行更像是流放。衣食无忧的人才有资格游览名胜古迹,他很难把自己的身份和旅游联系在一起。

他们站在山顶太河惨案纪念碑旁,群山环绕中的太河水库一直延伸到远处。侯军说,是不是很像三峡?邓蓉问,你去过三峡吗?侯军说,在电视上看过,和这也差不多,纪念碑上写着,这里死过两百多人。山里的风硬,爬山时出的汗水,一下子吹干了。晃动的松树和头顶清澈的蓝天,让邓蓉感到头晕。山坡上零星有几棵柿子树,柿子挂在枝头还没完全变红,侯军爬上树摘了几颗,掰开吃了口,发苦发涩,他又摘了几个,要带回来晒成柿饼。

周村古街的两边是卖各种纪念品和小吃的商店,侯军和邓蓉吃着周村烧饼,在介绍景点的宣传栏上,发现了葛优和巩俐拍摄《活着》时的现场剧照。侯军花了十块钱,在书摊前买了本余华的《活着》。几条街,不到半个小时就逛完了。回去后,邓蓉说头疼,在卧室睡觉。侯军躺在客厅看小说,发现富贵也有自己的影子,亲人一个个死去。自己的命还没有富贵好,他起码家里阔过,什么都享受过。放下书,侯军站在庭院里抽烟,想了些以前的事。房子还是原来的房子,就是没有了家的样子。

侯军喝完三四瓶酒,眼前浮现出侯春生穿着临死前的脏衣服，站在角落里的样子，手里拿着砌刀砸砖头，把一堆好砖头都砸碎了。吕慧琴坐在板凳上不停地搓衣服，侯军用毛笔蘸水，在墙上写毛笔字，一会水迹干了，他再写上。他想起上小学的时候，学校里买字帖练毛笔字，班上别的同学买了。侯春生说，五块钱留着干什么不行，字帖能当饭吃吗？放学回来的路上，侯军下决心，没有字帖，他也要练好毛笔字。几天后，侯军就把这事忘了，字当然也没练好。

邓蓉说她明天要走，剩下的半个月，她会把钱退给他。侯军问她为什么要走？邓蓉说，旅馆缺人手。侯军说，我对你不好吗？让邓蓉难以忍受的是侯军越来越强烈的感情，已经偏离了当初约定好的雇佣关系。陪着他演了十几天的戏，邓蓉已经到了极限。

吉星旅馆的暖气不热，许桂英又故意不给侯军被子盖。上周，他回村拿被子。一个多月没回来住，家里还保持着邓蓉离开时的样子。窗台上放着的一排柿子已经脱水，布满了黑斑。添置的那些家电，像是在为另外的人准备的。和之前存有邓蓉能够回来的幻想不同，侯军觉得这家也不是他可以待的地方了。拿着被子和几件换洗的衣服，他就走了。走之前，侯军隐约感到有些不安，对这个家留恋了起来，放下东西，坐在庭院里抽烟。心中有些道不明的情绪在拉扯，要把他撕裂。一个多月没下半点雨，侯军接了盆水浇了下枯萎的石榴树。你们都死了，把家留给我算什么意思呢？带着这样怨恨，侯军走出家门，再也没回来。

中午，网吧的人多了起来。侯军在网上搜了下如何走出失恋阴影的帖子，都是老生常谈的正确废话。失恋也只是侯军的一厢情愿，邓蓉当然不这么认为，她说他们从头到尾只是雇佣的关系。那天晚上，邓蓉要走——其实她的意思是第二天再走，劝说没用后，侯军拽着她的头发，把她摁在地上拳打脚踢。开始邓蓉还还手，发现这只会招致侯军下狠手后，她捂住脸坐在地上。侯军隔会一个耳光打过去，问，我对你不好吗？邓蓉不说话，侯军又一个耳光。邓蓉披散着头发，断续着哭起来。侯军拽着头发，抬起她的脸问，我哪里对不起你了，你这个卖屄的骚货，我配不上你吗？邓蓉咬着牙不说话。侯军又问，好日子不知道过，还想回去卖屄，我满足不了你了？邓蓉脸被打肿了，仍不说话。侯军说，你凭什么看不起我，你觉得自己是谁，我现在弄死你，大不了抵命。邓蓉小声地说，我错了。侯军说，大声点。邓蓉说，我错了。侯军问，你还走不走？邓蓉摇头，不走了。侯军把邓蓉绑住。早上，侯军问精神恍惚坐在屎尿里的邓蓉，你还走不走？邓蓉摇头。洗漱完后，邓蓉饿了，看到包子，狼吞虎咽吃起来。你是不是贱？侯军在旁边说，对你好，你不听话。邓蓉点头。侯军摸着她的脸，你要早点服软，我能下手这么重吗？

三天后，邓蓉趁侯军睡着时跑掉了。在这之前，她言听计从，不敢说半个不字，满足了侯军各种有些变态的兽欲要求。她动过杀了侯军的念头，一想为了他这种人把自己搭进去不值得。邓蓉结过一次婚——还没离婚，有两个女儿，大的七岁，小的四岁。两年前她从家里跑出来，没想过再回去，丈夫的脾气能把她打得半死。半夜醒来，侯军往边上搭手，没碰到邓蓉。担心邓蓉报警，侯军躲到湖田镇一个废弃的陶瓷厂，晚上趁着夜色去集市上买点吃的，夜里闷热蚊子多睡不着觉，白天在陶瓷厂砸留下的瓷碗瓷盘。两天后，他给侯娟打电话，确定没人找过他，放心回来了。从汽车站下车，他先去吉星旅馆问许桂英要人。许桂英说，人你带走的，找不到了你得负责。许桂英要报警，侯军把她拦住，只好把打邓蓉的事说了。许桂英怕邓蓉出事，仍要报警。侯军说，找警察，你组织卖淫的事怎么办？为等邓蓉回来，侯军在旅馆住下，这一住就到了冬天。

安乐街原来有个山西面馆，邓蓉一开始跟着初中同学在这里打工，后来面馆关门，许桂英看她长得还可以，劝她留在这里。面馆起早贪黑，一个月两千出头。来了吉星旅馆，用许桂英的话，躺下岔开腿，钱自动就来了。说得轻松，各有各的难处，许桂英说，谁没有难处，哪个人的苦说出来，不都能把人给哭死。她手里经手了少说也有三十多个姑娘，有的干几天，有的干一年，最长也没超过两年的，先不说伤身体，总会遇到不省心的顾客，要常换地方。侯军就是她口中不省心的顾客。邓蓉已经在吉星旅馆干了八个月了,即便是没有侯军的出现,她也待不了多久。邓蓉从不轻易得罪顾客,来这种场合寻欢的人,也都是生活中不如意的人,平日里过得苦闷,被人瞧不起,来这里除了泄欲,也是为了找存在感,动作粗鲁不说,也有点拿人不当人。不是谁都能受得了,她的苦,也都在这不出差错里。

侯军在旅馆住了半个月,一次酒后,许桂英让他别在这里耗下去了,为了邓蓉不值得。许桂英还告诉侯军,根本没有赎身这种说法,那都是旧社会的事情,那一万块钱,邓蓉拿走了七千,另外三千在她这里。她把三千块还给了侯军,让他走。本来侯军想的是,身上的钱花光了,找个地方上班。有了这三千块,他又在旅馆住了下来。过去一个多月,身上还有一千出头。

晚上八点多,侯军头昏脑涨走出网吧,去公交车站对面的药店买了退烧药。回吉星旅馆的路上,侯娟打来电话,手机停机了也不知道充钱。侯军说,我的事你不用管。侯娟说,你以为我愿意管你呢,昨晚咱爸托梦,让我问你的。电话里,侯娟哽咽了。侯军说,我知道了。躺在旅馆的房间里,侯军脑袋昏沉沉的,往常隔壁吵闹的呻吟声此刻也像是摇篮曲。他的身上着了火,趴在海面上,要把整个大海都煮沸了。期间,许桂英进来摸了下他的脑袋,泡上毛巾给他降温。侯军把头扎进了许桂英的怀里,梦到吕慧琴抱着他的头说,军,有难处就哭出来。侯军摇头,不说话。侯军还梦见了家里的石榴树,上面挂满了钱,一张张刷刷往下掉,掉完了接着长出新的。一家四口人牵着手围着石榴树,高兴得闭不上嘴。这天晚上,侯军的手机有四个未接电话,都是吴永林打来的。还有一则短信,也是吴永林发的,内容是:今天中午王立昌死了,明天出殡。侯军第二天早上看到这条短信,他有些悲伤,但不算沉重,更多的是平静生活被突然打破后的兴奋。

叁　葬礼

| 公历 | 公元 2007 年 12 月 6 日 星期四
| 农历 | 二零零七年 十月(大)廿七
| 干支 | 丁亥年 辛亥月 甲戌日
| 生肖 | 属猪
|24 节气| 大雪(12 月 7 日) 冬至(12 月 22 日)
| 宜 | 解除 余事勿取
| 忌 | 余事勿取

　　侯军不发烧了,只是有点咳嗽,空着肚子吃了药。许桂英披着一件羽绒服,躺在大厅的沙发上看电视。电水壶开了,没有跳闸,继续冒着。房间里水汽缭绕,侯军把电水壶从充电座上拿下,从货架上取下桶装的方便面。许桂英说,给我也泡个。侯军问,你吃什么味的?许桂英说,红烧牛肉的。侯军把泡面放在茶几上看着电视。许桂英说,头疼,让

你给传染了。侯军说,我这里还有几片药。许桂英问,今天你起来这么早干什么?侯军说,出去一趟。又去网吧,许桂英说,有什么意思呢。侯军说,朋友死了,今天出殡。许桂英问,怎么死的?侯军说,我也不知道。许桂英问,他多大?侯军说,和我差不多。许桂英说,这么年轻。早间新闻结束了,许桂英从沙发上起来,看了眼侯军,你怎么想的?侯军问,想什么?许桂英说,你朋友死了。侯军说,一年多没见他了,和他说不上话。许桂英问,那你和谁能说上话?侯军不说话。许桂英又说,别在我这里耗下去了。侯军说,我花钱住店,碍你什么事。怎么不碍事,许桂英说,我感冒是不是你传染的?

安乐街毗连市公交总站,走出街便是市内各线路公交车的站牌,七八个站牌相隔二三十米竖在路边,每个站牌上标着三四个线路的车。路上行人如织,侯军找到8路公交车的站牌,加入到等车的队伍。没几分钟,车来了,大家拥上去。侯军坐在后面靠窗的位置,车的终点站是四宝山。路上有点堵,等他醒来的时候,车已经出了市区,郊外的道路上,不时有摩托车经过。上个月气温还没降到零下,一天上午,侯军在网吧看电影,电话中王立昌说他家的狗死了,让侯军过去吃狗肉。他们很久没见了,侯军不好推脱,拖到十一点才极不情愿地上路。在宝洋路和新村东路的交叉口,交警把侯军拦下来。侯军没驾照,摩托车也没上牌,交警扣了车让他明天去交警队交罚款。侯军走回了安乐街，王立昌又打来几个电话，他都没接。

下车，到李一村还有一公里多。没了摩托车，确实不方便，侯军走在乡间的公路上，想起以前的许多事。有年夏天，王立昌失恋，在市区喝多了。侯军骑着摩托把他送回来，刚拐进这条路，王立昌吐了他一后背，后来王立昌在路边睡到后半夜。还有一年的冬天，在王立昌家里喝酒，喝到一半没酒了，王立昌出来买酒，把侯军新买的摩托车碰掉了一面后视镜，车把也磨掉了块。王立昌说，完了，我的指头断了。他心里骂，怎么不摔死王立昌。五六年过去了，王立昌终于死了。

李一村位于海拔两百多米的劲山南侧，山脚下坐落着大小七八家采石场，几年的光景，山体已经被挖空了大半。李一村通往外界的这条水泥路，被往返拉石子的大车碾压得坑坑洼洼。今天风有些大，采石场的灰尘随北风吹过来，侯军捂住嘴，贴着路边往村里走去。村前的路东边是个四五亩地的深坑，从山上流下的雨水汇集在此。早些年，坑里的水还是干净的，村民在这里洗衣服和灌溉菜地，如今坑被生活垃圾围住，坑中心仅有的水迹也浑浊不堪。入冬后，既没下雨也没落雪，干冷的北风刮得令人烦躁。从采石场吹过来的石粉，覆盖着村里的一切，各家的屋顶常年是浅灰色的，只有经雨水短暂的冲刷，才显露出原本的红瓦。

前些年,李一村的人大多在附近打工。随着市区房地产业的兴起,李一村开山卖石料,村民就近在采石场上班,戴着防尘面具起早贪黑,一个月两千出头。最大的采石场老板叫李青,四十多岁,雇用了上百的村民,已是远近闻名的富豪,儿女在国外读书,市区的房产数不清,连任了几届的村主任,实施一系列福利政策,比如村里用水不花钱,逢年过节给村民发面粉和食用油。表面上村民夸他仁义,背后议论劲山是村里的集体财产,他开采卖光吃得膘肥体胖,从嘴里掉出几块碎渣给村民。去年,李青的小儿子出生,查出来脑瘫,这算是村里为数不多的喜讯。除了采石场,李青还有个物流公司,五六十辆大车,除了自己用,还对外承接运输。采石场刚成立的时候,有几个社会青年问李青收保护费,美其名曰污染费。保护费给了,事后李青找人把这几个青年的腿一个个敲断了。王立昌便是断腿青年之一。

村里的同龄人大多在李青的下面讨口饭吃,王立昌不去,除了私仇,他也不是舍命的主。李青养着的几十号人,有些王立昌认识,谈不上是朋友。他们瞧不上王立昌,觉得他怂。王立昌也瞧不上他们,认为他们只是李青养的狗。不过,狗也不是这么好当的,平时给肉吃,关键时刻不光叫还得真去咬。王立昌认识的那几个人,有个砍人判了几年,有个被人削掉了两根手指头。前年,李青喝酒开车撞死人,也是手下的人顶的包。王姓在李一村本来就是小户族,王立昌得罪过李青,过得有些抬不起头。

王立昌排行老三,上面有一哥一姐。王立昌的大哥叫王立足,娶了个湖南的老婆,在长沙打工。姐姐王艳,出嫁多年,偶尔回来。父亲王本耀是陶瓷厂退下来的职工,按月领不到两千块的退休金,刚退休那会,还给人看门赚点钱,前年小脑萎缩没了劳动能力。王立昌和哥姐的矛盾出在退休金上。王立昌不上班,父亲的退休金他自己花,王立足和王艳觉得应该平分。王本耀生病后,王立昌三天两头向王立足和王艳要赡养费。他俩不给,王立昌喝多了酒打王本耀老两口,下手也有分寸,打出皮外伤为止。

王立昌家的西边院墙紧邻一道四五米深的断层,断层下面是村里已经废弃的老宅区,零星住着些老人。和平原上的村落不同,李一村道路繁复,这两年不来,侯军不认路了,还好远远地看到了外面摆放的花圈。

村民把侯军领进门,庭院里用塑料布扎着简易灵堂,朝南的入口两侧挂着一副挽联,"挥泪忆深情,痛心伤永世",横批"永垂不朽"。村民指着西偏房说,在里面上账。侯军进去,报上姓名,递上一百块钱。账房记下,嘱咐说,待会去吃饭,别走。侯军走进灵堂,看到正中间挂着的王立昌一寸照片放大后的模糊遗像,他仰着头,原本的窄额头显得更窄了,厚嘴唇彰显着倔强的性格,眼神怒视着跪在两侧的亲属和侯军。侯军对王立昌鞠躬三下。主事的司仪喊了句,主家谢客。两侧的亲属象征性地磕头。侯军退出灵堂,往外走。主事司仪拍了下侯军的肩膀。侯军这才发现是李道广。李道广表情凝重,说,你找个地方坐会。侯军说,你忙,不用管我。李道广对着亲属说,没人来不用总是跪着,坐着休息会。众人松了口气,姿态各异地坐在地上,只有王立昌五岁的儿子,头上扎着白布条,挺直腰杆跪姿标准。

不大的庭院让灵堂占据了一多半,剩下的过道站着人,还陆续有些人进出。侯军走到外面,胡同里倚墙站着一排村民,气温低,他们穿着以黑色为主的棉服,手哆嗦着抽着烟,一脸轻松地交头接耳说着些什么。联想到躺在房间棺木里面的王立昌,侯军心中有些不快,转念一想也不能太苛责多少。王立昌虽然认识的人不少,玩伴居多,没什么朋友。侯军当然也不是称职的朋友,他情绪低沉,更多源自陌生环境的不适,自身的孤独以及对接下来煎熬的无所适从。相比于悲痛,侯军对王立昌的死因更感兴趣。他选了个地方站着,点上一根烟,侧耳听着。只言片语,大多围绕着王立昌三十出头的年纪,以及他平时在村里偷鸡摸狗的做派,潜台词是死不足惜。对王立昌日渐破败的家庭,他们发出了啧啧惋惜声,侯军从他们的表情中看到了兴奋,以及对自己生活尚可的满足。顺着他们的言谈,侯军意识到维系和王立昌友谊的,正是困境本身。

良乡建物流园,划片的区域拆迁,时年二十岁的侯军受雇于一家废品收购站,拿着铁锤砸混凝土,抽里面的钢筋。吴永林给收废品的叔叔开三轮车装卸货。中午趁着别人睡午觉,他俩结伴在废弃的建筑和瓦砾间找东西。村里人不爱扔东西,遗弃的大多是不穿的衣服以及不能用的物件。总有意外之喜。侯军找到过一本杂志,里面有许多穿着比基尼的外国模特,他收藏了好多年,经常拿出来消解苦闷。吴永林喜欢无线电,捡到过收音机。更多的时候,他俩顶着烈日,翻来找去,一无所获。这活辛苦,侯军戴着手套也没避免两只手掌磨出血。没几天,他就不干了。吴永林的左脚被钉子扎了个洞,没打破伤风,后来发高烧住了几天院,捡回来一条命。吴永林和王立昌是同村发小,侯军和王立昌认识,也是因为他。

那时侯春生已经死了多年,母亲吕慧琴精神失常,离死也不远了。踏入社会的侯军明白,谁都指望不上,当然也包括自己,他经常换工作,心里想得最多的是不劳而获,和下辈子投胎别再出错。王立昌的父亲是工人,情况好一点,不用把生计寄托在山脚下的几亩薄田和无休止的打工中。吴永林的父亲原来是个蔬菜贩子,起早贪黑,当时已经切掉了一半的胃,不再贩菜,开着农用三轮货车,平时接点短途运输的营生。侯军总在担心吕慧琴下次发病会折腾出什么样的动静。吴永林也担心父亲活不了多久。在侯军和吴永林面前,王立昌有种优越感,他心情开朗,对未来有种浅薄的自信,他总能拿出钱请喝酒,酒劲上来后摆出一副拥有世界的姿态。如今,王立昌死了。众人聚集在他的家门口,奚落和悲痛相映成趣,不知他在天之灵又作何感想?我去他娘的!是王立昌生前挂在嘴边的口头禅,侯军心想,他此刻的感言无非如此。

一个老头穿着老式的蓝布棉袄,拄着拐迈着踉跄的碎步走出大门,嘴巴闭不严流着口水。侯军印象中的王本耀是个热情得有点过火的老头,不停地递烟和询问他的情况。儿子的死,王本耀没有众人期盼已久的老泪纵横。不知是小脑萎缩让他麻木,还是对儿子早已失望透顶。王本耀站在门口,对周遭的一切感到新鲜和惶恐,来回进出的人绕道而行。侯军走过去说,大叔。王本耀盯着他看了会,问,你是谁?侯军说,我是立昌的朋友。王本耀说,没个好东西。转头向家里走去。侯军回到刚才站着的地方,点上烟,看到吴永林从胡同口走过来。

吴永林胖了,穿着黑色的风衣,意气风发。他这几年的事情,侯军零星听到过,先在市区的电脑城租了个柜台卖电脑,后来又包了个柜台卖监控设备。以前他就喜欢无线电,也爱钻研。吴永林掏出烟递给侯军。侯军没把自己抽的烟拿出来,点上他的好烟,深吸了一口。吴永林问,你最近怎么样?侯军说,还是那样。吴永林说,你过来早了。侯军说,来了不到半个小时。昨晚吴永林陪立昌的母亲到半夜,早上去市里处理了点事,刚赶回来。侯军说,你挺忙的。吴永林说,瞎忙。侯军低头看着吴永林擦拭得锃亮的黑皮鞋,又看了下自己的球鞋。朋友的生活逐渐变好,说到底也不是多么令人舒心的一件事,侯军早就料到了这一点,不只是心胸狭窄,更多是对自己的失望而自惭形秽。吴永林说,好久没聚了,改天一起吃个饭。侯军点头问,老昌到底怎么死的?吴永林说,脑溢血,送到医院就不行了。侯军说,他年纪轻轻的,怎么突然脑溢血了?

吴永林和王立昌两家隔着一条胡同。几年前,吴永林在市区买了房子,平时不住在村里。前天晚上,他小叔的堂弟结婚,中午婚宴上喝多了,在村里过的夜。婚礼王立昌也参加了,因为前些年的不快,他和吴永林形同陌路,吃饭也没坐一个桌。中午喝了酒,晚上王立昌在家里和别的朋友又喝了点。凌晨四点多,王立昌起来上厕所,庭院里的电动三轮车电充满了,他拔下充电器,回卧室躺下后,再没起来。

早上八点多,王母见儿子还没起床,去敲门,没人答应。王立昌还没起来——往常他七点多起床。王母在门外喊了几声,没动静,进去后看到儿子侧身躺着,鼻子和嘴巴里挂着已经干了的暗黑色血迹。她跑出去找人,看到吴永林停在路边的车。他们给王立昌穿上衣服,抬上车,拉到了市第八医院。吴永林跑上跑下办各种手续,做完检查后,王立昌转到重症监护室。结果出来,医生拿着脑CT,指给他们看,送来得太迟了,脑袋里都是血,现在就靠仪器维持着呼吸。在女儿的搀扶下,王母求医生想想办法。医生说,你儿子现在就是脑死亡,虽然还有呼吸也是呼吸机在维持,拔掉呼吸机他很快就没气了。

王母在放弃治疗的纸上签好字后,王立昌被推进重症监护室对面的房间。吴永林去医院对面的殡葬用品店买来寿衣。掀开被子,赤身裸体的王立昌看起来比活着的时候长了些,因冬天不怎么洗澡,散发着体臭味。身体发僵,寿衣穿得有些困难。王母和王艳给他穿上衣,吴永林给他套裤脚。王立昌的手臂僵直,上衣套不上。王母哭着说,儿子,听话,穿上衣服咱回家。吴永林转过身,擦了下眼角的泪。穿好寿衣戴好寿帽的王立昌,有一种脱离时代的庄重感。

听吴永林说完这些,侯军问,几点发丧?吴永林看了下腕表,应该快了吧。一个染着黄毛的家伙走出来。吴永林喊到,李岩,几点发丧?李岩说,李道广说十一点,我饿死了,早上没吃饭。吴永林说,送你昌哥最后一程,你还不愿意?李岩说,我昌哥走得这么突然,连个招呼也不打,他前天打牌,还欠我四百块钱呢。吴永林说,父债子偿,你找他儿子要。李岩说,这种话你都说得出口,有钱人就是不一样。李岩要走,吴永林拽住他问,你去哪?李岩说,去厨房先找点吃的。吴永林说,待会再去,你整天和老昌在一起,捣鼓什么呢？李岩看了下侯军。吴永林说，这是侯军，老昌好多年的朋友了。李岩说，我怎么没见过？吴永林说，我们一起玩的时候，你还在上学。李岩向侯军点头示意，说，他幸亏死了，他认识了个狗贩子，喊我这两天去偷狗，我没答应。吴永林问，就这点事。李岩说，他还想抢银行呢。侯军笑起来，老昌这人挺逗的。李岩说，吴哥，反正老昌死了，我也不怕告诉你，他之前还说找机会弄死你呢。吴永林说，我一直等着他动手呢。李岩说，现在你可以放心了。吴永林叹了口气，我和老昌这点误会，应该找个机会说清楚的。他这个人，李岩说，你和他讲啥道理。吴永林说，老昌这辈子也不容易。李岩说，他有啥不容易的，娶了老婆不管，生了孩子也不管，整天除了喝酒就是打牌，欠钱从来不还，我看没有比他更容易的了。侯军笑起来。李岩又说，不过我昌哥这么一走，我还挺想他的，昨晚上我都没睡着。吴永林问，你想他啥？李岩说，李一村这么多年就出了昌哥这么个人才，他这么一走，也是群龙无首了。

李道广走出来，手里拿着一张红纸招呼李岩过去，领名单上的人去吃饭。会宾楼是个两层饭馆，墙上贴着"承接大小宴席"的字样。大堂里空着两张大圆桌，一次性卫生餐具和烟酒已经摆好了，只等大家落座便开席。来的大多是王立昌家的亲属，上了年纪的居多。落座后，侯军和李岩挨着。菜陆续端上来，猪肘子、酱肉、炖鸡、炸肉等。侯军很长时间没正儿八经吃过宴席了,心想礼钱花得还挺值。李岩打开桌子上的白酒,对大伙说,都别客气,谁喝酒自己倒。吃饱后,离十一点还有些时间。侯军点上烟,喝着茶水。李岩问,你和老昌怎么认识的?

1999年的夏天,东三路开过一家"桃园结义"的烧烤店,店面原来是家餐馆,店主家里老人病重歇业两个月,桌椅板凳等厨房用具都不缺,一个月的租金一千五。置办烧烤箱买木炭制作招牌,花了不到一千块。这两千五百块里,吴永林和王立昌各出了一千,侯军出了五百。这条街上的烧烤,除了这店,其余的都是老店。侯军负责切肉串肉,王立昌和吴永林负责烤肉和其他的。刚开始营业,肉串好了卖不出去,放在冰箱到了第二天味道就不对了。在扔不扔肉的问题上,吴永林和王立昌出现了分歧。吴永林认为顾客至上,肉味不对,下次顾客就不来了。王立昌说,想赚钱就要坑蒙拐骗,加大料除味,吃不死人就行。客人少,不赚钱,情绪也差。来一桌客人,王立昌想往死里宰,点串少的,他不愿意做,服务怠慢。

半个月下来,烧烤店赔了五百块钱。王立昌借口家里有事,没再来。剩下吴永林和侯军,店又开了半个月。房租到期后,关了店。三个人吃散伙饭,吴永林喝多了酒对他俩说,合伙的买卖干不了。王立昌听到这话不高兴,朝隔壁生意火爆的烧烤摊扔了一个酒瓶。他们打王立昌的时候,吴永林先走了。他们之间的裂痕,不止如此。

2000年,王立昌在工厂上班,认识了余英。余英比王立昌大两岁,二十四岁,从滨州来这里工作三年了,被王立昌目空一切的开朗性格吸引。王立昌工作了不到两个月,和工友打架开除了。余英本来住在工厂的宿舍,确立关系后住在王立昌的家里,上下班骑着王立昌给她买的木兰摩托车。王立昌和朋友喝酒,总带上余英。余英一米六左右,白皙上的脸上点缀着晒斑。王立昌喝了酒,和吴永林攀扯起开烧烤店的事,嫌弃吴永林选的地方不对,从来没见过和气生财,这世道就是比狠。余英劝王立昌少喝点。王立昌拽着她的头发扇了两巴掌。吴永林打了王立昌。余英提分手,王立昌不同意,把她关在家里。吴永林报警,王立昌被拘留了三天。吴永林和余英不知去向。王立昌把吴永林家里的电视机和茶几砸了。

那两年,吴永林和余英背井离乡,过得有些艰辛,却又被生活点滴的喜悦所笼罩。他们先是去的青岛,在生产汽车配件的电子厂打工。半年后,余英流产,休养时受凉,有了偏头痛的毛病。青岛的湿气重,他们去了天津的分厂。2002年,侯军打电话告知他王立昌要结婚的消息时,吴永林已是工厂的优秀工人,每个月到手工资四千多。回到阔别快两年的家乡,吴永林身边不仅有余英的陪伴,兜里还有他们积攒的三万多块钱。王立昌的婚礼,吴永林让侯军捎去了一千块钱的礼金。数目不小,王立昌说,这点钱就想打发我,门都没有。钱收下,他仍放话,除非他俩跪在我面前,不然这事不算完。五年过去了,吴永林在王立昌的灵堂前下跪,并且磕了三个急促的头。

冯丽有函授大专考的会计证,在物流园里的欣荣物流当会计。王立昌不知道什么是函授,对外宣称冯丽是大学生。这话主要是针对初中没毕业的余英。冯丽的大圆脸上挂着一副眼镜,性格温顺,说话慢声细语。她上初中时,有次生病打了激素,从那起身体没瘦下来。2001年秋天,王立昌从家里拿了两万块钱,在物流园边上租了两层楼,开立昌宾馆,上下楼一共八间房。王立昌当老板,侯军当服务员。冯丽没租到房子,在立昌宾馆落脚。标间房费一天三十,冯丽住一个星期,王立昌收了她二百。有天晚上,本来是侯军守夜,王立昌让他早回去。第二天早上,侯军来打扫卫生,王立昌穿着一条内裤从冯丽的房间里出来。

侯军还记得那天早上,王立昌压抑着内心的喜悦炫耀,她还是个处,什么都不懂,还要我手把手去教,不过她很快就上路了。王立昌不无自豪地说,一晚上我办了她四次。当时,侯军还没有体验过性爱。冯丽没什么姿色可言,王立昌的只言片语,还是让侯军感到了躁热。几天后,王立昌找侯军谈话,让他走了。

后来,侯军去附近的小厂打工,他不懂爱情,更相信生理的本能，看到女的有想上床的冲动，这就是爱。他追求过女同事，约对方出来吃饭，直截了当说，想和对方上床。求偶失败后，他把目光转向下一个，心想总会遇到情投意合的。入冬后的一天早上，侯军在工厂边的包子铺等蒸包的间隙，翻看前天的晚报，在当地新闻一版发现了"冬日取暖，谨防火灾"的新闻标题。配图是火灾过后的旅馆，招牌虽然被浓烟熏黑，依稀能辨认出"立昌旅馆"的字样。

冯丽在取暖器上烘干毛巾，忘了拿下来。烧坏的东西暂且不提，还要赔偿房东的损失。王立昌没了继续经营旅馆的心思，他想发大财，成为四里八乡令人敬畏的人物。如果非要找出个参照物，那也是青年企业家王立昌，而不是在火灾报道中所谓的旅馆老板王某。很快，冯丽怀孕。

2002年春天，王立昌和冯丽奉子成婚。婚后，冯丽在村里安胎。王立昌三天两头在外面过夜，以商讨大事为借口，和朋友厮混在一起喝酒作乐。侯军也辞掉了工作，以小弟的姿态陪在王立昌的周围，和他见道上有些名号的人物，在练歌房昏暗的包房中觥筹交错，在抚摸陪酒姑娘的臀部时会心一笑。众人以兄弟相称，拍着各自的胸脯说，有事打电话，缺钱不缺人。这种热闹的场面，持续到王立昌把结婚积攒的礼金用光。江湖上已经有了"昌哥"这个名号，有几个小弟慕名而来要投靠他。王立昌指使他们去电脑科技城"永林电脑"的柜台上摔坏过一台电脑主机。吴永林抓住其中一个人,报了警。王立昌赔进去三千块。王立昌和侯军在步行街的一家酒吧看过几天场子,后来有人闹事。王立昌趁人多跑了。侯军被人逮住,往嘴里灌了一泡尿。除了侯军,跟着王立昌的几个小弟,在认清他的底细后,另攀高枝。王立昌曾谋划过搞个大事,比如杀个人之类的。有个老赖,欠了一笔钱,债主找到王立昌,让他剁掉老赖一只手,酬劳三万块,定金一万。王立昌和侯军一合计,这事可以做。

刚入夏,王立昌的儿子出生,取名王夏。出生七天,按照农村的习俗摆宴席。王立昌拿到礼金后,改变了主意。他对侯军说,我这上有老下有小,犯法的事不能做了。侯军说,你不做,我也不做。他俩去找雇主,把定金退了。雇主在开发区经营一家粤式餐厅,还算通情达理,知道王立昌儿子刚出生,包了五百块钱的礼金。自此,在道上王立昌又多了个贪生怕死的名声。他倒不在意,人不怕死,还有人性吗?还在坐月子的冯丽抱着儿子跑了的时候,王立昌在东四路一家建材市场和人谈租赁脚手架的生意,正为前期投入资金发愁。王本耀打来电话,让他赶紧回去。王立昌对侯军抱怨,过早的成家牵绊住了他的事业。

不到一年的时间,王立昌经历了结婚、生子、离婚。简单的几个词语,不足以描述事情的全貌。我们有必要站在冯丽的立场上,简述一二。冯丽家在淄川,父母是陶瓷厂的职工,十五岁那年父母离婚,分别组建家庭。初中毕业后,冯丽先在商场干过一段时间的导购员,嘴笨不太会说话,业绩上不去,后来去张店,在柳泉路的一家自助餐厅当服务员。向自助餐厅送酒水的是个叫袁帅的小伙。冯丽休班的时候,袁帅开着面包车带着她送酒水。袁帅告诉冯丽,柳泉路是因为蒲松龄号柳泉居士,至于共青团路和人民路就是顾名思义。以中心路的东西两侧,按照数字排列分别为西几路和东几路。

　　送货的间隙,袁帅把车停靠在路边的树荫下,打开车窗,吹着风听广播。冯丽的第一次亲吻和性爱,都发生在这辆弥漫着酒香和汗臭的面包车里。这年冯丽十九岁,第一次从异性的身上感受到了关爱。冯丽眼中的袁帅就不同了,常年的风吹日晒让他的皮肤黝黑,他和人交谈时的应付自如也是她缺乏的。二十岁的袁帅以车代步,虽然只是一辆经常出问题的二手面包车。他说很快公司会给他配一辆新的面包车。冯丽没什么主见,也不喜欢做决定,认识没多久,袁帅给冯丽的人生做了规划,不喜欢和人打交道,你性子又慢,好在做事仔细,当会计算账比跑腿的服务员轻松。两三个月后,袁帅和中心路一家重庆火锅城的女服务员好上了。冯丽见过这个重庆的妹子,皮肤好,个头虽然矮一点,胜在身材苗条;长相一般,可和冯丽的样貌相比,也算姿色可叹了。

冯丽对王立昌的感觉，和当初对袁帅的也没什么不同。只不过面包车变成了小旅馆，能说会道成了好高骛远。不熟悉王立昌的人，很容易被他身上强烈的自信所吸引，总以为他迟早会做出点大事。他常说，这算什么。王立昌习惯性地仰着头歪着脑袋，和遗像中神态一致。在旅馆住了不到三天，王立昌就发现冯丽有点蠢，心想，这个女的可以骗。王立昌误会了月经走之前的血迹。一年后，他俩为离婚闹得不可开交时，不能否认当初王立昌看到旅馆白色床单上的点滴血迹，对冯丽说要对她好一辈子的话是虚假的。

火灾后，王本耀同意给王立昌一笔事业启动资金，前提是他先成家。王立昌为火灾的事打了冯丽道歉，求婚并且哀求她把孩子生下来。王本耀在家后面的空地上盖了两间平房，腾出原来的房子给王立昌当婚房。婚礼一切从简，早上七点过门，初春气温还有些低，村里的男女老少挤在庭院里，看着两位新人拜堂成亲。在向父母磕头索要红包的环节，侯军摁住王立昌故意不让他起身。他骂道，你娘的，衣服是租的，都弄脏了。冯丽的父母也来了，对女婿有些冷漠。王立昌对冯丽说，你爸妈一看就不是什么好东西。婚礼举行到一半，村里停电，门口的充气拱门泄了气趴在地上。

王立昌在外面快活的时候，冯丽挺着大肚子没人照顾。后院的王本耀夫妇炒肉，冯丽闻到肉味去了。王母把肉藏起来,说好的分家过日子,要把冯丽轰出去。冯丽说,肚子是你王家的种。冯丽变卖家里的东西,除了电视机,结婚时买的冰箱、洗衣机还有沙发都陆续卖了。去医院体检,冯丽给王立昌打电话。王立昌说,我很忙,你自己去。后来,冯丽又卖了父母给的戒指和项链。从结婚到生孩子这大半年的时间,王立昌回过三次家。冯丽以为孩子出生,王立昌会收敛下。她又一次失望了。离婚是王本耀夫妇和冯丽合计着给王立昌个教训。他咬住冯丽先提出的离婚,顺从她的意。王本耀夫妇看儿子这么坚决,退而求其次,只要孙子留在身边,随他们怎么折腾。

刚离婚那会,冯丽还偶尔来看儿子。后来,她也不来了。王夏长到四岁,姑姑王艳带着他去淄博商厦的麦当劳吃饭。吃完后,去逛商场,坐着扶梯上楼,冯丽从对面下楼。王艳喊了声,冯丽。冯丽没停下,顺着电梯往下走。王艳指着背影说,那是你妈。离婚时冯丽二十一岁,不到一年她又结婚了,丈夫姓古,在美食街开了一间酸辣粉店。育有一女,感情一直不错。

从会宾楼出来,回去的路上,侯军问李岩,老昌这一年过得怎么样?李岩说,这不明摆着嘛。侯军又问,具体说说?李岩说,这有什么好说的,上有老的下有小的他一律不管,整天和我们这些小年轻混在一起,能有什么出息。侯军问,平时都干什么呢?李岩笑起来,我昌哥轻松啊,生活只剩下喝酒、打牌这两件事。侯军问，打牌来钱吗？李岩说，不来钱和这些傻逼打什么牌，这不浪费时间嘛。侯军问，他赢得多吗？一年也能赢几次，李岩说，反正他爸的退休金，只在老昌手里热乎一下。

他们固定的打牌地点有两个，一个是王立昌家。他离婚后，王本耀夫妇还是住在后面的平房里。王夏跟着爷爷奶奶过。冬天取暖，为了省煤，王立昌破例让老两口来前面住。王立昌的家，也逐渐成了村里无业青年们的据点之一。最近这一年，李道广的家成了另一个据点。前些年，李道广风光的时候，王立昌在他手底下混过，跑个腿充个人数。这两年，李道广不行了，老婆孩子不跟他过，石料厂也被封了，开了个养猪场也赔掉了腚。

发丧时间到了。王夏站在椅子上，一只手拿着碗，一只手里举着木棍指着西方。经李道广在旁边的指点，王夏用怯懦的声音喊了两遍，爸爸，你去西方大道吧。话毕，王夏把碗摔在地上。李道广说，快点哭。众人佯装的哭声响起。棺木抬出来，王夏抱着遗像，面朝棺木，在李道广的指引下退步走着。侯军混在围观的人群中，看着沉默的王夏、痛哭的王艳，以及那些埋着头装作悲痛的亲属们。有人说，老昌的儿子也不知道哭。有人接话，老昌这种人有什么好哭的。队伍来到大路上，火葬场的车已等候多时。车前烧了一堆草纸，亲属们趴在棺木上礼节性地挽留。李道广说，好了，抬上车。棺木抬上车,没等车开走,哭声突然消失,扮哭的亲属们直起腰,相互搀扶着往回走。草纸还没燃尽,灰烬摇晃着飘到半空中。侯军跟着人流往回走,碰到李岩提着两个化肥编织袋出来。李岩问,你这是要走吗?侯军说,没事我就先回去了。李岩说,有事,要一块去墓田里埋老昌的。

李一村的墓田是劲山脚下的一片荒地,建村以来死的人都埋在这里,大多是坟头,立了墓碑的坟不到四分之一。李岩骑着摩托车,侯军提溜着编织袋坐在后面。铺着石子的路不太好走,七弯八拐的。经过一块被开采的山体,李岩说,这就是李道广的采石厂。平整了的空地上有几间钢板房,两辆小铲车上盖着帆布停在那里,一块岩石上用红漆写着"封"。侯军问,怎么有的石料厂开着,他这个就封了?李岩说,李青上面有关系,李道广算老几。侯军说,李道广混得也算可以了。李岩说,那要看和谁比,在咱面前吃五喝六的,在别人面前屁都不是。李岩叹了口气,仰头看着残存的山体说,这山是集体的,也有我的一份。几辆装满石子的卡车,从山路上下来。摩托车靠边停下,尘土扑面而来,两个人捂住脸。

墓穴已经挖好,用砖砌出能装下骨灰盒大小的地方,里面洒了石灰。寒风中,几个村民抽着烟等骨灰。视野所及,荒凉的墓田里只有几棵松树点缀着绿色。把编织袋扔在地上,李岩继续说,李道广他还想寻思着采石场再开工呢,门都没有。侯军有些头疼,想去荒地上走一下。李岩问,你去哪?侯军说,随便走走。李岩跟上来,又问,你和李道广认不认识?侯军说,见过两次。

侯军第一次见李道广,是在2004年的7月份。侯军在市区步行街的一家网吧打游戏,电话中王立昌的语气急迫,让他误以为又要打架。那阵子,王立昌总是在外面惹事,打人或者被打。侯军厌倦了这种生活,有意和王立昌保持着距离。挂了电话,他思索再三,还是去了,路上买了把水果刀。在美食街上的一家商场门口,侯军见到了王立昌,还有李道广和张凤兰。张凤兰的脸上有被打过的淤青。从李道广的只言片语中,侯军大致了解到这些淤青的来历。李道广不时骂张凤兰,到处瞎搞,骗我的钱,今天找不到闺女,我非把你的头给砸烂了。

眼前这对中年人没有引起侯军的重视,李道广穿着一件灰格子短袖衬衣,下身是一条米色的裤子,脚上的皮鞋在这炎热的天气有些不合时宜。不过从李道广胳膊上不成形的淡墨色的文身,和他刀切的面部轮廓,侯军知道这个人不那么好相处。李道广言语上对王立昌不客气,老昌,你整天吹认识多少人,人都去哪了?王立昌也不反驳,没有平时的嚣张气焰。等侯军知道李道广是个阔绰的采石场主,也温顺了起来,双手接过他递过来的香烟。

李道广女儿李甜初中读了两年,打架被开除后转到市区的一家技校。放暑假，十四岁的李甜在商场找了份导购员的兼职，从昨天到现在，手机打不通。李甜的同事也不知道她去了哪。四个人合计了下，还没到报警的程度。按照李甜桀骜不驯的性格和目无法纪的做派，联系不上这事可大可小。往小里说，可能手机丢了；往大里说，也有可能被人杀了。不过手机丢了，她也应该来上班，就算不上班，和同事合租住在一起，为什么没见到她这个人呢？李道广让王立昌和侯军再去盘问，口气狠一点。小姑娘仍旧一口咬定没见过李甜。王立昌把她拉到楼梯口，威胁道，再不说实话，把你强奸了。小姑娘吓坏了，哭着说，我说了，李甜饶不了我。

李道广开着他那辆丰田霸道来到道庄小区，李甜从楼洞里走出来，张凤兰跑上去抽了她一耳光。看到女儿的两只眼睛肿成一条缝，张凤兰问，谁打的？李甜不说话。李道广给了王立昌两百块钱。中午，王立昌和侯军找了个小饭馆喝酒。几个月后，侯军从王立昌这里听到了寻女事件的后续。打李甜的是技校的三个高年级学生，两男一女。王立昌喊了社会上的几个小青年，把三个人拉到郊区一个废弃厂房里。男的绑起来用棍子打得皮开肉绽，女的扒光衣服在前胸后背烫了十几个烟疤。王立昌说，对这个丫头下手太没数了。李道广花了十几万赔偿了他们，这才转为民事调解。李甜也被学校开除了。

侯军第二次见到李道广,是在去年秋天,王立昌说有个赚钱的门路。电话中,王立昌说,我们都快三十了,再不拼一把,可就真没机会了。侯军向厂里请了两天假。见了面,王立昌先给了侯军五百块。事情很简单,有个房地产开发商欠了李道广二十多万的石料款,算上利息的话,也有三十万了。李道广要了几次,对方就是不给。王立昌说,事成之后五万。侯军问,那要是事不成呢?王立昌说,不可能。侯军说,事不成,这五百我可不还你。

采石场关停后,李道广凑了些钱在村南边的荒地上养猪,雇人加盖养猪场和买猪苗,前后投入二十多万。也是没经验,中间经历一次猪瘟,上百头猪死了一多半,到了秋天猪出栏,肉价刷刷往下降。卖掉猪,不仅没赚还赔了。起早贪黑累大半年,心气一泄,李道广在医院住了半个多月,也没查出什么毛病,就是浑身没劲吃不下饭。猪场闲着也不是那么回事,事做不成说出去成了笑话,可要继续投入,李道广手上也没钱。开采石场的那几年,红星置业公司的老总康红星一直是李道广的客户。七八年时间,康红星从起初的建筑队一步步做大,开公司,建楼盘,在房地产的热潮中顺势捞了一笔。三年前,康红星听闻政府为整治污染,东边的化工企业要搬迁。他趁势买下一块荒地,开建红星家园。三年过去了,化工园区的搬迁进展缓慢,红星家园盖了一半预售惨淡成了烂尾楼。去年李道广要债,康红星没有现金,给出一个折中的方案,以成本价用红星家园的房子抵账。李道广没同意。康红星一口一个李哥,倒把李道广叫得不好意思了。养猪赔本后,康红星的手机打不通,李道广去他的公司,人次次不在。李道广左思右想,心境又回到了十年前,刑法我都不怕,还怕你个康红星。

两年多不见,李道广的座驾从丰田霸道成了五菱宏光。华侨城是欧式设计的高档社区,进门顺着路往南,来到人造湖边上的别墅区。停下车,李道广从车座下面拿出两把砍刀递给侯军和王立昌。把刀藏进上衣,他俩跟在李道广的后面,站在别墅门口。李道广摁了下门铃,在等待间隙,他们三个人歪头看下四周。王立昌碰了下李道广,指着门廊上面的球形摄像机。李道广跳起来拿刀把摄像机砍烂了。门没开,他们回到车里等。李道广打了个电话,华侨城这里没人,你给我打听下他在哪里?挂了电话,李道广点上一根烟。碧绿的湖水,几个环卫工人在给新栽种的树浇水。微风袭来,空气中弥漫着萧瑟的秋意。手机响起,李道广嗯嗯了两声,然后问,什么时候的事,死不了吧?哪个医院,嗯,我知道了。

出了小区,车在路边停下,李道广提着一箱奶从超市出来,扔在车上说,你俩回去吧,我去趟医院。站在路口,侯军和王立昌从怀里拿出刀。王立昌说,过两天孩子上幼儿园,我还寻思赚了钱给他交学费呢。那五百块,侯军买了一盒烟,破开了一百,剩下的四百,他给了王立昌。康红星提前一天被人杀了,死的却不只是他,还有李道广和王立昌的心气。

现在王立昌的骨灰用一个鞋盒装着。李岩问,怎么不买骨灰盒?李道广说,最便宜的骨灰盒五六百,埋到地里也是烂了,花这冤枉钱干什么。李岩说,看着不体面。李道广说,体面他娘,顾死人还是顾活人?李道广把王立昌的遗像放在地上,从王夏的手里接过鞋盒,放在墓穴里,问王艳,还放什么东西吗?王艳从塑料袋里拿出一个收音机,说,去了那边听收音机解闷吧。李道广说,早知道拿几张大姑娘的照片塞里面陪着老昌。人群中发出一阵哄笑。李道广问王夏,还有话和你爸说吗?王夏低着头看着墓穴,不说话。李道广说,你爸这辈子也不容易。盖上石板,李道广说,填土吧。几个村民拿着铁锹把土铲进墓穴,堆出一座新鲜的坟包。

亲属们排成一列,王夏拿着遗像打头,围着坟包顺时针走三圈逆时针再走三圈,边走边把花圈和木棍插在坟头上。平整的坟包,成了古代贵妇鲜艳的头饰。李岩把王立昌的衣服倒出来,有些衣服看着像是新的没穿几次。点上火,滚滚的浓烟升起,弥漫出廉价化纤制品刺鼻的味道,众人捂住鼻子躲得远远的,李道广拿着树枝翻着衣服,让它们尽情燃烧。王夏抱着遗像站在一旁。李道广说,扔火里烧了吧。

侯军说,遗像别烧了,给孩子留个念想。李道广说,留着干什么,拿回去挂起来多吓人。侯军说,万一孩子想他爸了,还能看。李道广问王夏,留还是不留?王夏原本青紫的脸上被火映衬得发红。李道广说,留个什么劲,烧了。王夏把遗像扔了进去,火很快吞噬了王立昌。灰烬随风飘向空中,侯军仰头看着,一切都结束了。

李道广把家里的钥匙给了李岩,让他和侯军别着急走。李道广家是普通的砖瓦房,大门是红色的,两侧的墙体贴着石狮图案的瓷砖。开门后,门下停放着电动车和一辆三轮摩托车,庭院一角堆放着炭块和几袋猪饲料。进屋后是奢华的欧式装潢,金灿灿的墙围,靠背高大、造型浮夸的欧式沙发和家具,茶几的下面铺着一张脏得看不清图案的地毯,客厅正中央是水晶吊灯,还有罗马石柱图案的电视背景墙。李岩把沙发上的衣服扔到一边,招呼侯军坐下。茶几上的碗碟里,一盘凝结的土豆丝,一盆接近风干的猪头肉。李岩从茶几下面拿出一盒拆开的烟,递给侯军。侯军坐进沙发里,身体被真皮包裹着,不由松了一口气。

李道广一进屋便说,天这么冷,也不知道生炉子。李岩站起来去了里屋。他提的塑料袋里装着葬礼招待众人的白菜猪肉炖豆腐。侯军起身说,我们在饭店吃过了。李道广说,没事,再喝点。他简单收拾了下茶几,找出三个酒杯,倒上桶装的白酒,自己先喝了一杯,咧着嘴发出一声绵长的哈,甩了下头说,可算能安稳喝口酒了。从昨晚到现在,李道广忙得只睡了三个小时。他说,我先垫下肚子,一会展开。侯军友好地点了下头。炉子不好生,浓烟从里屋飘出来。李道广骂道,你娘的,要把屋给烧了啊!

李道广兄弟三人,他排行老末,二十一岁那年和同村的张凤兰结婚。家里穷,儿子又多。李道广的婚房是父母搭建的屋棚,夯土墙,房顶盖着瓦片,冬天冷夏天潮。李道广从小在村里出了名的浑,长到二十出头,不说横行乡里,也少有人敢惹。他的大哥李道欠看不起这个不正干的三弟,可被人欺负了还是找他出头。李道欠偷人西瓜,被人逮住用叉子在屁股上戳了个洞。李道广把西瓜砸人头上。气出了,李道广指着李道欠的鼻子,以后别说你是我哥,净给我丢人。李道广有了难处(主要是缺钱),李道欠的借口比平时偷的东西都多。二哥李道丰,初中毕业后,当了三年兵,退伍回来后先是在村里当会计,后又是村委员,然后是村主任。李道丰能当村主任,除了他有文化在外见过世面,还有一层是没人和他争。村子穷,没油水可捞,平日在广播里宣读上级的文件,挨家挨户组织完成上级交代的各项任务。说白了,就是给人跑腿。知道李道广不正干,李道丰把护林防火的差事派给他。事不多,牵着狼狗每天上午下午巡山各一次,到了夏秋火灾高发期要住在山上的木屋里。不出一个星期,李道广巡山的时候把狗宰了。狗肉炖烂了,李道广把狗腿递给张凤兰,秋高气爽,举目远眺看着天边。李道广说,凤兰,以后我让你顿顿吃肉。

李一村炸山开石也就不到十年的光景,村主任这个位置成了抢手货,李道丰退居会计岗位。2001年,李道广出狱后,向亲戚借了点钱,通过二哥李道丰的关系,从李青手里买了台二手的破石机,在劲山脚下圈了一块地,开始他的发财之路。这离当初李道广对张凤兰的许诺已经过去了十二年。三十三岁之前的李道广过得有些落魄,在偷盗和斗殴的间隙打工,两次进监狱。妻女的死活,李道广不管不问。张凤兰也不是忍气吞声的主,李道广一回家,她就又打又骂,用菜刀在他右侧脑袋上留下了一道四五厘米的疤。有一段时间,家里连吃饭的碗都没有。女儿李甜十岁之前是到处蹭饭过来的。

采石场干了半年,李道广又买了一台破石机,一年的时间,他赚了七八十万,在村里盖了砖瓦房,也买了车。见到李道广就躲的亲戚们,开始向他借钱。李道广有钱就借,不过说的话也呛人,他说,这点钱都拿不出,你过的什么日子?有了钱,李道广想再生个儿子继承产业。要了半年,张凤兰一直没怀孕。他俩的感情这些年本来就名存实亡,日子好了后有过缓和。李道广秉性不改,喝多了酒还动手打人。李道广也想得开,钱有了也缺不了女人。2004年,李道广和张凤兰协议离婚。女儿李甜归张凤兰,一次性付清二十万的抚养费。李道广的姘头肖娟,在采石场管财务。

2005年刚开春,李道丰喝酒脑溢血死了。李道广闻讯赶来,看到床底下排列着喝光的白酒瓶子,蹲在地上哭。这事之后,李道广下定决心要戒酒,坚持了三天,心想活着不喝酒,还不如早点死了。他每天醉醺醺,采石场也不常去。外人都说,老三早晚走他二哥这条路。几个月后,政府治理污染,关停露天采石场。查封之前,李道广新上了一辆运石子的卡车和一台挖掘机。他不死心,晚上偷摸采石,逮住被罚了三万。秋天,李道广从市区回来的路上,让交警查住。无证且酒后驾车闯关卡,罚款加拘留。出来后,肖娟已经裹着保险柜里的十几万跑了。他把新买的卡车和挖掘机卖了,前后折合亏了十来万。冬天,做完痔疮手术的李道广趴在病床上,其他人在吃午饭。他看着窗外,脑袋里过了一遍该叫谁来送饭,最后心想,少吃一顿也饿不死。

屋里暖和了些,饭菜没吃几口,酒已经喝了几杯。在李道广的倡议下,他们三个为王立昌的在天之灵共同举杯,陷入了短暂的沉默,似乎静候着王立昌的灵魂此刻闻讯赶到。疲惫挂在每个人的脸上,酒倒满,他们举杯喝光,再给王立昌一次机会。场面有些尴尬,李岩说,说句话吧。李道广身子歪在沙发上看着李岩,有什么好说的。李岩说,说点关于老昌的事。李道广说,没什么好说的。李岩说,怎么说也是你小弟。李道广说,没有,要说你说。李岩说,去年你的金戒指丢了,是老昌趁你睡觉时拿的。李道广说,我问他,他还和我装傻。李岩笑起来,我昌哥也是仗义疏财,卖了戒指,请我洗的脚。李道广说,你们还有事瞒着我。李岩说,前两天老昌和我盘算,要把你采石场里的小挖掘机偷出来卖了。李道广叹了口气,他现在要亲口问我要,我可以给他。李岩说,我想要,给我吧。李道广说,你先死给我看看。李岩说,他跟着你这两年也没发财。李道广说,老昌今年有三十了吧。李岩说,差不多吧。李道广说,着什么急呢,人都有时运,我三十二的时候还在监狱里叠手套呢。侯军说,老昌应该死,他不死也是陪你们喝酒、打牌。李岩说,就因为这,他也不能死。侯军说,我没见过比他更混蛋的人了。李岩指着李道广说,这里就有一个。李道广说,拿我和他比,他也配?李岩说,人刚埋了,你们就说这种大实话。李道广说,有些话应该早点说,李岩,你别学老昌。李岩说,你也拿我和他比了?李道广说,活着还是得混出个人样。李道广把塑料桶递给李岩,倒酒。李岩倒满酒说,老昌欠我的钱怎么办,好几百块钱呢。侯军说,也欠我的。李道广说,他去年借了我五千。李岩起身去找扑克,不说了,来打牌,我得把这钱赢回来。

李岩手气不错,几把牌下来,侯军和李道广身上仅有百十块钱都到了他的手里。下午四点多,天色已经黑了大半,李岩去上厕所,没再回来。侯军要走。李道广说,我去市里有点事，一道走。他进屋，出来的时候身上多了个挎包。走出门口，侯军以为李道广要开车送他。快出村了，也不见李道广的车停在哪里。侯军问，你的面包车呢？李道广说，卖了。天黑，起了风。他们摇晃着走出村，拦不到出租车。路边遇到一个男的，李道广去借点钱，那人不给。李道广和侯军把他拖进树林，扒光衣服，用秋衣秋裤绑起来。总共抢了几十块钱。他们顺着路，走了二十多分钟，在新村东路上终于打上出租车。

这天晚上，在火车站对面的玫瑰大酒店，还发生了一件不那么重要的事。远道而来的女友正在卫生间洗漱，网管小郑躺在床上心神不宁。房门响了一下，几个警察冲进来，拽住小郑的头发，仰起他的头，是他吗？新贵网吧的老板刘姐在旁边说，对，就是他。警察问，有没有同伙？卫生间传来哗哗的水声。小郑哀求道，等会，她还在洗澡。

肆　落网

| 公历 | 公元 2007 年 12 月 07 日 星期五
| 农历 | 二零零七年 十月(大)廿八
| 干支 | 丁亥年 壬子月 乙亥日
| 生肖 | 属猪
|24 节气| 大雪(12 月 7 日) 冬至(12 月 22 日)
| 宜 | 入宅 移徙 出行 进人口 修造 动土 起基 上梁 安门 造仓 补垣 塞穴 造畜稠栖
| 忌 | 嫁娶 开市 安床 栽种 安葬 祈福 开光 掘井 安葬

　　侯军在想绑得应该不牢固，那人会挣脱。不过，酒后人对力道掌握不住火候。他坐在床上，努力清空这些恼人的思绪，却又忍不住往最坏的结果考虑。他想去小树林看一下，转念一想，那人真被冻死的话，去也没用。总之，做什么都没用。

往常喝了酒,侯军总能睡个好觉。昨晚,他的梦乱七八糟,十来岁的自己在镇上的集市偷面包,被人逮住抽耳光,把面包扔在地上让他趴下吃。王立昌光着屁股,身上紫青一片,问侯军为什么把他的遗像烧了。下着大雪,邓蓉回来了,身上穿着鲜红的羽绒服。侯军抱住她不松手。邓蓉说,我现在是妇联主任,要注意影响。侯军松开手,发现抱着的不是邓蓉,而是一团模糊的影子。昨晚的事把侯军的人生分割成了不同的阶段。在他快三十年的人生中,这样的时刻有过多次。父亲死的时候,母亲死的时候,从看守所出来的时候,在宏远机械拿到钳工的初级证书的时候,认识邓蓉的时候,然后就是昨天晚上。

天又冷了些,侯军倚在床头抽烟,拼凑着昨晚的记忆。打上车,侯军和李道广来到共青团路的一家典当行。下车时,天上飘起了凌乱的盐粒大小的雪花。典当行已经关门。李道广按照招牌上的电话打过去,一阵忙音后,对方说已经下班了,有事明天早上再来。李道广朝卷帘门踹了一脚。西边是步行街,附近理工大的学生们结伴而行,在飘扬的雪花中大呼小叫。

卖炸串和烤鱿鱼的摊位支起帐篷,李道广坐下,点上啤酒。从小超市买了两包烟出来,侯军想起了前些年在步行街上晃荡的日子。半夜走在空旷的街道上,王立昌指着眼前的一切说,这一切早晚都是我的。李道广的侄子李猛来了。李道广说,坐下一起喝点。李猛说,已经吃过了。李道广说,再吃点。李猛从包里拿出一千块,放在桌子上。李道广说,别和家里人说。李猛说,小叔,少喝点酒。李道广说,放心,我没你爸那么短命。李猛站起来说,我先走了。李道广说,把账先结了。李猛结完账走后,侯军说,你这当叔的不行。李道广说,他怎么当的侄子,一千块钱就想教我做人,没大没小。

他们沿着步行街往南走到和平路上,顺着和平路向东走。曾经灯火辉煌的千娇百媚洗浴中心如今灰暗一片,标志性洋葱头圆顶矗立在半空中。李道广说,怎么这里都关门了,这个老板背景挺硬的。雪大了起来,路上的汽车小心翼翼地驶过,在灯光的映衬下,满眼明晃晃一片。侯军的鞋湿透了,脚趾冻得失去了知觉。他说,兴学街那边有不少足浴店。李道广说,那种地方有什么好去的。

李道广回忆起前些年在千娇百媚挥霍的日子,泡完澡,去演艺大厅,躺在椅子上,足底按摩,喝着茶、抽着烟看演出,先是唱歌,然后杂技,有时压轴的是走穴的过气明星。东北二人转的演员酒量都不错,仰头的工夫,一瓶啤酒见底了。有次是香港黑帮片里的大B哥。大B哥礼节性地用粤语普通话说,多谢兄弟们俾面,我地再来一首《我话事》。侯军来了兴致忙问,还有呢?演出没意思,捏完脚去蒸桑拿,冲完水,服务生带着你去二楼选人,李道广说,站一排,你自己挑,看不上眼再换一批。侯军问,漂亮吗?李道广说,打扮得都跟个明星一样,二楼包间,半夜有模特走秀,你看上几号和服务生说。钱用来干什么,为了服务自己的,人不能为了钱活着,和你说这些你也不懂,你体会不到有钱的日子。侯军抽着烟,伸手接雪花。李道广问,你玩过什么?侯军不说话,起身走了。李道广跟在后面。

鞋子和袜子还有些潮湿,没别的可换,侯军下床走出去。旅馆推拉门的两扇玻璃碎了,许桂英站在一旁,看着师傅换玻璃。晴天,路上的积雪已经化去大半,行人走出一条泥泞的水道,屋檐和其他悬空的地方还铺着积雪,在阳光下有些刺眼。寒风吹进来,侯军只穿着一件毛衣,抱着身子问,怎么了?许桂英没好气地说,你整天在外面都认识些什么人。

昨晚侯军回到房间躺下就睡着了,李道广来到吉星旅馆。许桂英热情迎接。李道广说,你太老了。他坐在沙发上盯着小欢。小欢衣冠不整地从房间里跑出来说,他身上都是烂疮,还往下掉皮。李道广追出来,你们这是什么服务态度,给钱了事不办。小欢躲在许桂英的后面。许桂英说,钱退给你,你去别家吧。李道广说,上门的生意,你不做,这店你还开它干什么!拿把凳子朝玻璃门扔过去。

玻璃门换好了,侯军把钱给了师傅。许桂英问,这人到底干什么的?侯军说,我这里还有几百块钱。许桂英说,不是钱的事,我不能留你了。

床板的夹缝里有个塑料袋,里面是侯军仅有的五百块钱。除了几件换洗衣服,房间里没有什么可以带走的。他把衣服塞进背包,走进对门的房间,李道广还在酣睡。他从李道广的裤子口袋里翻找出八百多块钱。桌上是李道广的挎包,也一并拿走。一千三百块钱,侯军给了许桂英,表达了在旅馆这么长时间还被照顾的感激之情。许桂英把昨天邓蓉打来电话的事说了。侯军苦笑,她来,我也该走了。许桂英说,可能那人没死,你不用跑,要是人死了,你能跑到哪去?侯军说,不管去哪,不能在这里给你添乱。许桂英从钱里点出五百,递给侯军,你拿着用。侯军说,帮我给邓蓉,我欠她的。许桂英说,我会给她的。侯军问,你知道她在东营什么地方吗?许桂英说,她没告诉我。侯军出了门。许桂英松了口气。侯军又回来说,还有一件事,事是我和李道广一起做的,就是在里面睡觉的那个人,他要是找你麻烦,你就报警吧。许桂英说,亏你想得出来。

七年前,三十四岁的许桂英买断工龄,从热电厂出来,在兴学街开了一家旅馆。旅馆不大,六间房,其中一间留给自己和丈夫关永俊住。关永俊查出格林巴利综合征,不到一周的时间,失去了行动能力。开旅馆也是许桂英和关永俊合计后的事,能有收入,也不耽误照顾他。兴学街的旅馆多,一条街上,许桂英的旅馆门脸小,又是新开的,生意不冷不热,勉强够活。关永俊经常肌肉疼,半夜叫起来住客受不了。止疼药吃了作用也不大,原本温和的关永俊性情大变,没有打的能力,他就骂,一口气骂半个小时。许桂英关上门,躲在外面。

旅馆开业不到半年,关永俊在睡梦中断了气。旅馆的生意没什么起色,有住店的顾客给她支招,单纯住店不行,要有别的服务。摆不上台面的事,许桂英也没放在心上。时间长了,生意不好,她也着急,为了给关永俊治病,外面欠了债不说,儿子上学也得用钱。她瞒着儿子,把兴学街的旅馆关了,在安乐街开了吉星。来安乐街的客人多,不为住宿,多为寻欢。等安乐街的服务成了气候,上面经常下来扫黄。一年两三次,有时风声紧,半年三四次,生意也没法做。单纯住店,还不够吃饭的。许桂英歇业多次,也罚过款。她原来同事的亲戚的儿子在市公安局的政工监督室工作,扫黄之前和许桂英通个气。许桂英不强迫手下的姑娘,别人家抽姑娘们四成,她只要三成。来去自由,她不过问。

昨天中午,邓蓉给许桂英打电话,先是嘘寒问暖,然后说自己在东营这个洗浴中心做得不开心,抽成太厉害是一方面,每个月有定额指标,完不成的话,老板的脾气也不好。许桂英明白她的意思,问她有什么打算?邓蓉说,我想回去。许桂英当时没同意,也是考虑到侯军还在,怕闹出事端。现在侯军走了,许桂英先给邓蓉打了电话,说了下情况。打完电话,许桂英坐在沙发上,心神不宁。阳光照射进来,新换的玻璃门上一尘不染,能清楚地看到街上的一切,泥泞的路、褪色的招牌、不时被风吹落的雪花。

实际上,昨晚李道广进来的时候,醉得有些不省人事,交钱开房后躺床上就睡着了。至于争端,是许桂英为了让侯军走,故意这么说的。许桂英内心有些失落,和往常在旅馆里的闲暇无趣不同,她感到周围的一切都在放缓,常年在逼仄的旅馆中迎来送往,和形色各异的人打交道,早已让她的内心疲惫不堪。这些年安乐街也出过不少事,吵架暂且不提,持刀捅人也有过几次。她这才对侯军的话回过神,可能的杀人犯就在离她不足十米的地方酣睡。她想去车站派出所报警,又担心这空当里李道广跑了,她轻手轻脚打开门,看到李道广还在酣睡。退出来,许桂英掏出手机,思索再三,还是报了警。

安装玻璃的师傅回来拿工具,站在门外,看到李道广用毛巾勒住许桂英的脖子。许桂英失去知觉昏了过去。李道广跑出去追,师傅跑出安乐街。李道广紧追不舍。师傅跑进车站派出所的大厅,李道广追进去,看到穿着制服的警察,他又跑了出来。没跑多远,就被警察逮住了。

短暂的昏迷中,许桂英想到许多事。还有一些事情,她当时没意识到,后面几年里陆续发生了。过了一年,公交总站搬迁,来安乐街的人少了,生意萧条。一次声势浩大的扫黄行动中,市区查封了上百家洗浴中心,有暗娼的小旅馆也未能幸免。至此吉星旅馆关门。邓蓉去了外地。许桂英改行,在一个家政公司干保洁,清扫卫生也不轻松,没过多久,她被检查出腰椎间盘突出,在家里休养。儿子读大学,不常回来。许桂英一个人在家,有些烦闷,上下楼又不方便,她想过轻生。有时坐在阳台上晒太阳,她会想起侯军,以及自己这次的死里逃生。也许当时死了也挺好的。

典当行的工作人员坐在柜台里,侯军把一块玉石和一串金项链递进窗口。男的伸手。侯军说,没有了,就这些。男的说,发票和鉴定证书。侯军翻找挎包,说,忘带了。男的把东西递出来。侯军说,可能弄丢了,你随便估个价。男的说,没有发票,谁知道你这东西是从哪里来的。侯军说,在我手里,当然是我的了。男的抽回东西,照你说,现在东西在我手里,我还说这是我的呢。我急用钱,侯军说,你随便估个价。男的说,你销赃找错地方了。侯军问,那我应该去哪里?

十点多的美食街,逛街的人不是很多。侯军去了两家店,第一家只收金项链,开价五百。侯军觉得有点低,吵了几句。第二家的店主是个中年男人,开价四百。侯军急了,你怎么不去抢呢?店主摘下放大镜说,只能这么多,要不你去别家,保证没我这样的价。侯军问,玉石呢?店主说,我不收玉。侯军说,两样东西,一千。店主说,最多六百。侯军一手拿着项链一手拿着玉石,几万块的东西,你给六百,你好意思吗?店主眯着眼,小兄弟,你嚷嚷什么呢,我担着风险呢。侯军说,八百,行不行。店主点出钱,放在桌子上,你出了这店,今天咱俩可没见过。侯军没说话,拿着钱走了,挎包扔在桌子上。店主追出去的时候,侯军已经不见踪影。

在一家酸辣粉店找地方坐下,侯军看着外面的行人,想了会儿该去什么地方,没想好,去哪里都一个样,或者不去也可以。思绪混乱,这两天发生的事情有点多,他还没来得及去消化,被一股未知的力量推着往前走,到了这一步,再走向何处,也没那么重要了。酸辣粉端上来,侯军抬起头看到冯丽。多年不见,冯丽胖了些。经过提醒,她勉强认出侯军,坐下问道,这么多年不见,差点没认出你。侯军说,没想到在这里碰到。冯丽说,店开了有些年了。侯军说,平时没留意。冯丽说,你知道了,以后常来。侯军点头。冯丽的丈夫老古喊,4号桌好了。冯丽说,你先吃,我得忙去。吃完后,侯军额头上出了一层汗,人也恢复了些气力。侯军回头,看到正在忙碌的老古。店里的生意不错,客人走了一批又来一批。侯军想把王立昌的事和冯丽说一下,不为别的,或许她能有时间去看王夏。他打消了这个念头,把钱放在桌子上,餐巾纸擦了下嘴,拔腿离开。

冯丽从里屋出来。老古问,你在里面干什么呢?冯丽没说话。老古又问,刚才那人是谁?冯丽说,以前的同事。她把盘子收了,走到店外,积雪在融化,水滴在门前的防滑地垫上。冯丽拿着拖把沾上面的水迹,又顺着擦拭店内地上的脚印。老古说,别擦了,待会我擦。冯丽没说话。一桌客人吃完了要结账。冯丽把碗筷收走,放进里屋的盆子里。昨天晚上,王艳不知道从哪里问到了冯丽的电话,说了下王立昌的死。冯丽说,已经离婚了,和我没什么关系。王艳说,儿子是你的,抚养费这么多年,你没出过一分钱,以后还想不管了。冯丽挂了电话。后来她又收到几条王艳的短信,说她没良心不配当妈,这笔账早晚会和她算。刚才碰到侯军,冯丽以为是来找她谈抚养费的。老古知道冯丽有过一次短暂的婚姻,但不知道她还有个儿子。这事快瞒不过去了,冯丽想今天就和老古说清楚。

售票员问侯军,去哪里?窗口边上有张被人丢掉的黄河口湿地公园的宣传页,落日余晖下的滩涂、半空中飞翔的鸟,以及浑浊的黄河。侯军说,东营。车上了高速,窗外是萧瑟的冬日景象,田野间枯树,不时出现的村落。旁边坐着一个学生模样的年轻人。侯军问,你是东营的?学生说,对。侯军把宣传页给他,黄河口有这么好看吗?学生说,我没去过。侯军问,你还上学吗?学生说,读大二。侯军问,现在已经放假了吗?学生说,没有,我请的病假。侯军问,你怎么了?学生说,身上不舒服。侯军望着窗外说,大学生,有前途。侯军又问,大学是什么样的?学生说,学校都一个样。侯军说,不一样,大学好,自由。学生问,你是去旅游吗?侯军点了下头。学生说,冬天没什么好看的。侯军说,随便看看。学生说,湿地公园太远了,下了车还有七八十公里,也没直达车。侯军说,那怎么办?学生说,市区边上有个揽翠湖,离得近。侯军说,可我想看下黄河。学生说,有黄河大桥,不过我们这车不经过。侯军说,讲讲大学里的事吧。学生有些为难,你想知道什么呢?侯军说,平时你都干什么?学生无奈地笑出来,你没上过学吗,都一样。侯军说,大学也一样吗?学生说,有什么不一样的呢,是人就都那个样。一会,有人下车,车厢空出座,学生拿着行李去别的地方了。侯军看着窗外,路上他睡着了,到了站,司机叫醒他。

出了车站,侯军打上一辆车,对司机说,去揽翠湖。车出了市区,又行驶了一段,在路边停下。司机说,再往里走就到了。走过一段泥泞的土路,侯军来到河堤,眼前是有些浑浊的河水,水面平静。侯军沿着河堤走,阳光有些刺眼,一路上没遇到人。许久不运动的侯军出了些汗,他感到轻松,从路边折了根树枝,敲打着地和间或出现的水洼。他想起上初中的时候,也是冬天,雪比这还大,踩着厚厚的积雪,走在村边的田野间,拿着火柴点一堆枯草,看着雪一点点融化。天高地广,十三四岁的侯军没人管束,他拿着棍子找块空地，练习剑法，畅想再长大一点，学有所成后去除暴安良，难免会杀几个人。想到这里，他练习得更加投入了。

许桂英打来电话说人死了，李道广进去了，让侯军回去自首。前面是一片树林，侯军走进去，落叶在地上积成厚厚的一层。他找到一棵分叉的粗壮杨树，看了下四周，想到吊死后人会失禁，他走到不远处，蹲下大便，用枯叶盖住。他把腰带绑在头上，勒紧，把裤子脱下，拧成绳子，穿过腰带。他爬上树，想用裤子在树杈上打个结。试了几次，没能成功。他坐下抽烟，想着怎么搞定这一切。手机又响了，他抠出电池把手机扔在一旁。又试了几次，终于把裤子拴在了树杈上。他两只手抓住树杈，身体荡下来，深吸了一口气后，他松开了手，脚底悬空。侯军两条腿挣扎着，头昏眼花，绳结勒紧往下一松，侯军的脚落了地。他缓过来，看着眼前的一切，以为自己死了。等清醒过来，他举起手摸索着想解开绳结再来一次，试了几次，没解开。他就这样笔挺地站在那里，头颅被吊着，像在练习仪态。

傍晚，附近村庄的老头到树林里拾柴火，远远看到一团黑影挂在树杈上，走近发现是个人。老头问，你在干啥？侯军闷着气说，大爷，快把我放下来。老头说，你为啥想不开？侯军说，先把我放下来吧。大爷说，年纪轻轻的，有什么想不开的。老头的两只手因为多年的类风湿早已严重变形，这两天天气不好，手疼得厉害用不上力。他试了几次，也没把侯军放下来。老头背着柴火说,你等着,我回村里喊人。侯军说,大爷,你快点,我撑不住了。老头说,撑不住,你刚才咋不死呢?天色暗了,侯军冻得瑟瑟发抖,人还没来,他喊一声,惊起一群麻雀。被冻得逐渐失去知觉时,他心想老头是不是在回去的路上发生了意外,比如掉进了湖里,又或者找不到地方。侯军有些懊悔,应该回去自首的。这是他在被救之前,唯一的想法。

两年前,在被丈夫酒后一顿暴打后,邓蓉收拾行李,坐车来到淄博投奔同学。下了火车,同学把她安顿下。坐在床上,同学问她,怎么想出来打工了?说起家暴的事,邓蓉哭起来。同学说,为了孩子,你也得回去。邓蓉说,为了孩子,我才跑出来的,再这样下去,我能杀了他。第一次走进安乐街,邓蓉感觉眼前全是人。老家只有赶庙会的时候,才有这么多的人。邓蓉抓住同学的手,走路都变得小心了。邓蓉手笨,先在面馆刷碗,总是刷不干净。让她学揉面,她使不上劲,干了没几天,肋部一直疼,晚上睡觉能疼醒几次。去医院拍片,发现一根肋骨断了。医生让住院,她没住,去外面的药店买的止疼药。两个月不到,同学结婚回了家乡。临走前,邓蓉嘱咐她,别说见过我。

那一年邓蓉换了两个住处,先是面馆老板给员工租的房子,在火车站的后面紧邻铁路,晚上运煤的火车哐哐地驶过像是地震。睡不着的时候,邓蓉站在窗口看着铁轨,绿皮火车,青岛到银川,经过太原。面馆关门后,邓蓉去了吉星旅馆。许桂英租的房子在公交车站的后面,一栋楼里住的大多是在安乐街和天乐园上班的姐妹,同住的是两个姑娘,年龄都比她小。在天乐园工作的姑娘,身材高挑,看人都用余光。邓蓉知道自己不年轻了,也没什么资格去使性子。晚上天乐园的霓虹灯把房间染透,邓蓉躺在床上,身体时常有顾客留下青紫的掐痕,她在不可避免地衰老。

邓蓉坐上开往淄博的长途车,想起这两年,疲惫之余有些高兴,能回到熟悉的环境。身处其中,难以感受到时代的变化,一切都是轻微地发生,等过后才发现,去顺应已经有些来不及了。邓蓉没想到这些,她能依靠的只有自己。前面座位的后兜里有张黄河口湿地公园的宣传页,落日余晖下的滩涂、半空中飞翔的鸟,以及浑浊的黄河。邓蓉心想,来这里两个多月,整日在洗浴中心,也没机会出去走走。

第二章

卫学金

壹　楔子

辛留村位于山东鲁中地区丘陵过渡地带包裹下的一块平原上,是岭子镇下属的行政村,从镇上往西北六里多远,辛留村和另外两个村被镇上的人称为"西三村"。309国道(后更名临淄大道)从村北头经过,村子在淄博的市区张店和临淄的城区辛店的中间位置,分别距离它们二十多里。辛留村和东边的村子,以一条连接着309国道和102省道的乡间公路为界。辛留村和西边的村子,以一条当初日本人修建的连接着北面的铁矿和南边的胶济铁路的单线铁路为界。

除了北面另外的乡镇盛产铁矿石,辛留村和另外两个村子的地下没什么资源。辛留村西边的土地上曾短暂地出现过一个小煤井,挖了没几年就废弃了。为了排泄地下水修建的水渠,在那几年灌溉了附近的农田,受到了村民的欢迎。更多的时候,整个村只靠一口深水井灌溉数百亩的良田。

这里是典型的温带季风气候,春秋短暂,冬夏较长,降水集中,雨热同期。农作物一年两作,六月份收割小麦,栽种玉米,十月份收割玉米,栽种小麦,小麦经过秋冬两季的蛰伏,初夏成熟,在绿油的树木映衬下显露出土金色。风调雨顺的时候是有的,干旱也时常发生,如果不是农民,体会不到内心的焦灼,大概只会觉得天气炎热和有一阵子没下过雨,生活中缺少了些浪漫的气息。这是片适合生存和种植的土地,健在的老人没经历过洪涝干旱以及地震等天灾。他们统称那些居住在丘陵中村落的人为山里的,言语中有着显而易见的优越感。后来随着附近工厂多了起来,艰辛的农业生产不再被人重视,村子里的一些老年人保持着伺候土地的传统,年轻力壮的大多在附近上班,对循环往复的农业生产充满了厌恶。粮食的收入也确实微薄,可放任土地荒废又违背了农民的身份。留守儿童的问题,在这里并不存在。这听起来并不是典型的中国农村,而实际上这才是平原地区村落的正常形态。随着城镇化的进展,越来越多的年轻人通过考学和打工等途径,去城市讨生活。平日村子里安静祥和,神色慌张觅食的野狗,百无聊赖散步的老人,骑着电动车一晃而过的上下班的中年人,他们诠释着人烟稀少。

辛留村被道路上栽种的树木所围绕,要不是竖立在路口的牌子,并不容易发现这里藏匿着村落。顺着乡间公路进入村子,两排是几家贴着招牌的沿街商业房,正在营业的有"利民商店""春燕理发店""桃花庵饭馆"等,而像"巧手按摩""桂芬服装店""传强婚庆"只挂着招牌,店面早就关了。下午三四点到晚上七点左右,卖菜、卖肉、卖点心、卖水果的商贩汇集在这条路上,形成一个小市场。除了这些浓厚的生活气息,这里确实没什么景色可言,一样外观的灰色砖瓦房整齐划一排列着,水泥地面的胡同以及道路两排栽种的冬青、樱花、玉兰等植物也是近几年的事。漫长的秋冬季节,低矮的冬青是整个村庄里唯一的绿色。三月份花在一夜之间开放,又迅速在几天之内掉落。村民们物尽其用,在观赏树木中间的缝隙地带栽种着大葱等时令蔬菜。

往南走,出村,先是一片果园,种着桃树、枣树、梨树和山楂树,再经过一大片的农田就到了102省道。有条和东西向的省道并行,宽四米深约三米的人工修建的沟渠,用于南边山上的齐鲁石化炼油厂及其周边的各类工厂排泄污水,常年散发着恶臭味。上世纪八十年代齐鲁石化的建立,带动了周边经济的发展,各种化工厂和塑料厂在这片土地上冒出来,农民农闲时有了赚钱的途径。没过几年,这里的井水不能喝了,空气中飘浮着呛人的味道。有风的时候,天空才短暂恢复原本的湛蓝色。站在辛留村向南望去,山上齐鲁石化炼油厂区的设备像是卧倒的变形金刚,机械化的身躯散发着闪闪的银光。高耸的烟囱常年冒着火焰,宛如一根火炬。肉眼能否看到火炬是衡量空气好坏的标准。

在六十多年的时间里,辛留村最高的建筑是日本人在村里修筑的用于瞭望的碉楼。九十年代初,"西三村"在辛留村北边的空地上盖了一座两层高的小学,三个村的学生都在这里读书。不到十年,学龄儿童减少,岭子镇所有的小学合并到镇上,校车统一接送学生。原来的小学成了辛留村的村委办公地。

最近三十多年,辛留村也有过几个小型企业(说是小作坊更合适)。一个是村南头的粉坊,用地瓜作为原料生产粉条。在秋后地瓜丰收后的一个多月里,院子里的铁丝上挂满等待晒干的粉条,地瓜渣滓发酵后从厂房里流出来,方圆几里地弥漫着酸臭味。村东南的砖瓦厂,周边村落建造房屋的砖瓦都是这里生产的。村北头独立村落的两间平房有一台打粉机器,常年发出轰鸣声,把小麦玉米粉碎成面粉和玉米面。如今,这些作坊都不在了。砖瓦厂关门后,留下一座土堆,野草丛生,从远处望去像是一座巨大的坟包。

任何新生的事物,在农村都是滞后出现,可一旦出现却又显示出顽强的生命力,新旧混杂就成了辛留村普遍的生活状态,就像夏天老年人拉着二胡唱地方戏,而村委大院里伴随着音响发出的高亢伴奏,妇女们正欢快地跳着广场舞,更年轻的一代则躲在家里看电视玩游戏。趣味鲜明又固执的人们，形成了眼下的乡村。在夏季用电高峰，农村是首当其冲被限电的地方。隔几天就停一次电，村民们拿着蒲扇从家中出来，在胡同里纳凉，漫长枯燥地等待电力恢复的过程中，他们接受着被忽视的现实。

临淄虽是春秋战国齐国的故都，可辛留村的历史并不久远。二十世纪初战乱，逃荒的人来到这片平地上，后来逐渐汇聚成二三百户的村落，人口从来没有超过一千人。村子主要姓氏是张、卫、王。其他杂姓有刘、毕、张、周。除了少数几个（不超过十个）通过招工成为附近铁矿厂的工人外，其他人靠农耕为生。这里不是人杰地灵的地方，没出过所谓的成功人士。周家有个人是镇上的工作人员，五十多岁混到了副科级。王家有个人得益于企业的老总是他的表哥，混到了副总。一个王姓的妇女参加过省里的百姓选秀节目，海选阶段一首民歌还没唱完就被淘汰了。毕家的一个男的跑运输发财后，成为村里第一个举家搬到县城的人。

这里没有记录的传统，没有宗族祠堂，族谱也早就没人整理。村里还有几个八九十岁的老人，他们耳昏眼花记忆混乱，辛留村更早以前的事已经无从考证。八十年代以来的三十多年的时间里，辛留村出现过三个死刑犯，其中两人合伙拦路抢劫杀人，另一个是在村里对未成年犯下多起强奸罪的光棍。以偷盗打架等罪状坐过牢的有十几个人。有唐氏综合征癫痫小儿麻痹等遗传病的有七八个，男的都没结婚,女的结婚后也很快以离婚收场。先后有九个人自杀,三个女性,六个男性,最小的十九岁,最大的七十三岁,其中三个人喝的农药(敌敌畏、乐果和百草枯),四个人上吊,一个人跳井。最小的十九岁,死亡方式不详。自杀的原因多为家庭纠纷和得了绝症,十九岁的那个是因为父母车祸死亡精神压力太大。意外死亡的村民数据不详,其中一个八个月大的女婴是在冬天睡火炕被烧死的。一个四十多岁的妇女被车撞死。

五十一岁的卫学金是辛留村普通的村民,他有着北方人典型的国字脸,虽然两三天就刮下胡须,但方正的下巴总是显得不干净。他在村里赢得了一个老实人的好名声,总是喜欢微笑,几年前帮邻居干活时,左边的两颗上槽牙崩掉了,换成了金属牙套的假牙,闪着微微的光亮。最近他身体消瘦,原本宽阔的肩膀松垮了下来。卫学金曾经是父母的小儿子,现在是丈夫,是两个孩子的父亲,是一个婴儿的姥爷。他还是拥有五亩土地的农民,他干过数不清的工作,但都是以农民的身份。

辛留村大事记

1953 年　各村在互助组基础上建立初级社。

1954 年　农民共同入股建立供销社、信用社。

1958 年　成立人民公社,辛留村设为四个生产队,独立核算农业收入。

1958 年　"大跃进"深翻地、广积粮、大炼钢铁。

1972 年　开展农业学大寨运动,整平深沟造田约 120 亩。

1976 年　村内大街扩宽。

1981 年　土地承包到户,三十年不动。

1992 年　修建小学新址,更名为"岭子镇第三小学"。

1997 年　铺设自来水管道,农户用上自来水。

2001 年　修建村委大院、文体广场。

2003 年　村委班子发动捐款、捐资新修村内水泥路,修建排水沟。

2005 年　村内安装照明路灯 28 盏。

贰　失业

| 公历 | 2007 年 12 月 4 日 星期二
| 农历 | 二零零七年 十月(大)廿五
| 干支 | 丁亥年 辛亥月 壬申日
| 生肖 | 属猪
|24 节气| 大雪(12 月 7 日) 冬至(12 月 22 日)
| 宜 | 安葬 理发 求嗣 修坟 祈福 祭祀 立碑 解除 牧养 纳畜
| | 启钻 开光 栽种 会亲友
| 忌 | 搬家 入宅 出行 作灶 赴任 移徙 词讼 打官司

卫学金像往常一样六点多起床，打开炉盖生火做饭，简单吃了些馒头片和咸菜，推着摩托出了门。宗申摩托车是卫学金在 1997 年买的，车身附着灰尘，早已看不出原先的红漆。这几年摩托车小毛病不断，他发动了几次没成功。后备箱里常年放着工具和替换下来的火花塞，几年前加装

的护板已经松动，排气管也用铁丝固定着。如今流行电动车，不耗油也轻便。卫学金算过账，一辆电动车两三千块，摩托车加这么多油能骑两三年。车终于发动，消声器坏了，排气管发出突突声，在这个冬天冷清的早晨显得刺耳。

刚出村口，一个包裹严实的妇女骑着自行车从南边过来。卫学金停下喊道，炉子刚封上，你捅开做点饭吃。妇女喊道，这么冷的天，你也不多穿点。卫学金没听清付英华说什么，往北走了。身份证上付英华和卫学金都是1956年出生，实际上付英华大两岁，今年五十三了。刚下了夜班的付英华在镇上的旺达塑料厂打零工。半年多来，她每天把车间不达标的袋子抽线切开整理好，运到指定的区域。这活计件不按时间，多劳多得。她手脚麻利，忙的时候一个月能赚一千八。先前，付英华在私人小作坊里，不忙但赚钱少，如今是累了点但赚钱多。付英华以前没干过熬夜的活，半年下来瘦了十来斤。

辛留村的西北方有座低矮的山叫西山，山脚下有块地，十多年前也种庄稼，灌溉不方便就荒掉了。后来这块地上有人种过果园，也有人搞过养殖。半年前，卫学军承包这块地的时候，茂盛的果树包裹着两排猪舍，远处看过去有点园林的样子。走近后，能闻到腐烂桃子和猪粪混杂的味道。卫学金骑着摩托车，从铺着碎石子的土路上过来。冬天，树叶掉光了。猪舍的北边是几间蓝色的简易钢板房，低矮的钢板房是住人的,两层楼高的钢板房是车间。猪舍前面还有一大摊清理出来的猪粪,经过半年的晾晒,臭味散尽铺在地上,像块凝固的沥青。厂门挂着木质的牌子,上写"学军塑料厂"。卫学金走进钢板房,眼前一阵热气腾腾。电磁炉上烧着热水,学军正撕着白菜叶往锅里扔,用筷子搅了下,又把一捆面条掰成两半扔进去。

屋子里摆设简单,单人床上的被褥还没叠,除了桌椅和做饭的家伙什,能算上物件的就是一台十来吋的黑白电视和一台风扇电热器。电热器耗电,卫学军只在晚上睡觉前开十几分钟,平时扔在一边。今天早上有点反常,电热器发着红光。卫学军蹲在地上,把板凳递给卫学金。卫学金说,不坐了,我去车间看看。卫学军说,不用忙活。卫学金说,快七点半了。卫学军今年四十岁,皮肤黝黑,长得也瘦,看起来比实际年龄老,一米六的个头,在北方也偏矮。虽然这厂是他的,可看起来没有老板样子,和普通的工人没什么两样。这半年多,为了建厂,他起早贪黑憔悴了不少,油污的头发像吹乱的草窝,说起话来也有气无力。

吃完面条,卫学军捧着面条汤暖手,哥,干不下去了。卫学金说,上个星期不是请镇上的人吃了饭吗?学军说,不管用,这次是区里统一行动,使不上劲。卫学金说,再托人往上找,钱都砸进去了,不能就这么完了。学军笑起来,这些我都想过,没门路,就算是有门路,我也没钱往里面扔了。

卫学金掏出烟递给学军。学军放下碗点上烟说,这事怪我,吃面条的命,想顿顿吃肉。卫学金说,不行咱就装上环保设备。学军说,一套设备三十多万,两年白干,进设备建厂房我还欠着银行贷款。学军打算这几天把厂房和设备卖了,让卫学金放心,这半年的工资,有钱了立刻给他。卫学金心里顿了下,本想说不用着急,一想到这半年的辛苦,以及每月儿子的大学生活费,放低声说,我这里不着急。

卫学金走进车间,当初组装设备的时候把他累得够呛,还没调试生产,白忙一场。他把工具装进包里,看了眼四周,眼下最主要的是再找份工作。一年前的这个时候,卫学金也在找工作。当时镇南边的鸿源化工厂破产了,说好的工资两千五,发到手是两千。学军找上门,说缺人手。学军和他一个姓,但不是本家。一起干活后,卫学金发现学军吃苦能干。装修队十几个人,学军没有包工头的样子,亲自扛着材料上楼。卫学金也不是偷奸耍滑的人,一个月干下来,说好的两千五的工资,学军给了三千二。后来,学军认识生产乳胶漆的老板,说缺塑料桶,让学军进设备生产给他供货。学军解散了装修队,把多年辛苦攒下的钱加上银行贷款,拿出来租地建厂房进设备。过了半年,一切准备就绪,政府整治环保,不合格的小厂一律关停。卫学金替学军不值,这一下子,拼了这么多年为了什么呢?骑摩托回去的路上,卫学金心想,还是打工牢靠,丢了工作再找。

到家八点多,付英华还在睡觉,卫学金打开北屋门,坐在屋檐下翻看账本。屋檐用铝合金窗罩着,阳光从玻璃投射进来,比室内还暖和些。一个软皮笔记本上,记着半年来的账目,内容千篇一律:日期,零工,一天八十。每个月份后,在下一栏统计出旷工几天。半年下来,因村里婚丧嫁娶以及种庄稼,请假十五天半。卫学金先算每个月的收入,最后相加,得出一个数,在账本写下,拖欠工资,壹万贰仟捌。

村里刚盖了屋,房顶露着梁木,他们把高粱秸秆扎成方格,糊上报纸,用铁丝固定在屋顶上当成天花板。天花板换成铝合金吊顶的,也是近几年的事。堂屋正北的墙上挂着用玻璃罩着的装饰画,粗糙山林景色是打印出来的。卫学金看着房间的摆设,心里首先冒出的想法是,它们都是什么时候买的? 1997年买的布艺组合沙发,海绵垫早已坐得变形。原木色的电视柜是2001年在镇上的家具店里买的,当时花了不到三百块钱。二十一吋的老式彩色电视机是1999年在县城买的,这个品牌早就停产了。冰箱是2003年夏天买的,一千块钱出头。洗衣机是卫学金女儿结婚那年买的,不过平时也不用。电视机两旁的音响和影碟机,加起来不到三百块钱,卫学金喜欢听民歌,平时也没时间听,上面布满了尘土。

卫学金翻看日历,想了会找工作的事,一时没有头绪。手里还有两千多块钱,儿子的生活费每个月四五百是固定的花销。过年置办年货买衣服之类的怎么也要一千左右。人情世事和意外花销先不算。闲在家里不行,已经十二月,一眨眼就是春节。

卫学金不是个有魄力的人,树叶掉下来还怕砸到头。村南头有浴池,只不过没泡澡池,是四五个隔间。为了省水,喷头是用踏板控制的,脚踩在上面出水,不踩不出水,而且水不热。付英华想在屋后面建个能泡澡的浴池。卫学金不同意,暂且不说盖房子是笔花销,一年四季,也就冬天有生意,村里人没那么爱干净,每户也洗不了几次。付英华说,其实开浴池有账算,附近几个村都没泡澡浴池,一年回不来本钱,以后的日子长着。另外开浴池看着锅炉,添点炭而已,比在外面干活轻松。卫学金不想开浴池,是不想操心,给别人干活省心,给自己干活累心。

昨晚卫学金没睡好,右侧肋部疼了好几次,后半夜吃了两片布洛芬才缓过来,现在又疼起来,他捂住肋条艰难地起身回屋。吃完药,坐在太阳里,头埋在两腿中间,发出丝丝呻吟,十几分钟后,疼痛减轻,出了一身冷汗。镜子里的卫学金脸色暗黑,深陷的脸颊长出一层络腮胡,他伸出舌头,用牙齿刮了下舌苔,厚白的舌苔像是被冻住的霜。用脸盆接了热水,先用毛巾敷面,再打上肥皂,一只手拿着镜子,另一只手拿刀片,嘴巴噘向不同的角度,和往常一样,几块地方刮破了,血渗出来,卫学金用卫生纸擦拭了几下,血还在往外冒,没有止住的意思。

卫学金把湿毛巾盖在头上,取下来时头上冒出热气,先前蓬乱的头发贴着头皮,遮住了囟门靠上巴掌大小秃掉的区域。尽管卫学金其他位置的头发没有年轻时的茂密,但还称不上稀疏。如果是从事文职工作,卫学金大概也会效仿蓄起长发,随身携带一把木梳,让周围的头发聚集到稀缺地带。和别人秃头不一样,卫学金是他刚出生不久,母亲王秀芹刮他头上的揪揪屎刮秃的。这个粗心错误,让卫学金的童年以及青春期都在自卑中度过。

1980年,卫学金和付英华相亲见面,两个人都没怎么说话。事后家人问付英华意见。付英华说,大眼睛高鼻梁,长得挺排场的,就是这么年轻头就秃了。卫学金和付英华此前各自相亲过几次,都没成。很多年后,付英华有了孙子。在一个冬日的下午,四岁的孙子因发烧躺在沙发上,付英华削着苹果,想起以前的事,自言道,谁寻思相了这么多亲,单就看上他了呢。和卫学金的相亲是大姐牵的线,付英华大姐所在生产队有个女的认识卫学金的大姐。陈年旧事在付英华的脑袋里一晃而过,生病的孙子哭起来。付英华又自言道,还是早结婚好,早养大孩子。

1994年的冬天,王秀芹死了。死前几个月,她已经下不来床。卫学金新宅的东偏房摆设简单,一张床,一个柜子,一个火炉。天黑卫学金和付英华从外面回来,王秀芹屙了一床的屎尿,臭气熏天。付英华胃口浅,闻到味就吐。打扫的事,都归卫学金。卫学金换好被褥,把消瘦的王秀芹抱床上盖好被子,打开屋门和窗户透风。寒风把房间吹透,污秽的味道却散不尽。王秀芹说不出话,嘴巴发出支支吾吾的声音,不让儿子走。卫学金问她想干什么?王秀金手指着屋外。卫学金说,黑天了,都回家吃饭了。王秀芹吧嗒着没牙的嘴巴往床下挣,意思是一整天没听见说话声心里憋得慌。卫学金挣脱开手,打开半导体收音机,放在床头让她听。

下不来床前,王秀芹脑袋先糊涂了,拄着拐杖到别人家聊天,天黑了不说走。卫学金来接,对王秀芹先是一顿训斥,抱上三轮小铁车。王秀芹抓紧把手不说话。第二天睡醒,王秀芹忘了儿子的训斥,一切照旧。本村转完了,王秀芹拄着拐杖去邻村。不管认不认识,说起来都沾亲带故,活了七八十年的王秀芹,说的都是陈芝麻烂谷子的事,攀上亲戚后,别人也不好意思赶她走,有人陪着王秀芹聊天,有人去找卫学金。卫学金要么干活还没回来,要么正在吃饭,边赔不是边推着三轮小铁车上路。见到王秀芹仍旧一顿训斥,抱上车,一路上骂骂咧咧地送到村南头的老宅里。夏天雨水多,有次下着大雨,小铁车走不动,卫学金背着王秀芹,推着小铁车,脚下打滑,摔在泥里。三十八岁的卫学金蹲在地上哭了,不是因为摔了王秀芹,也不单是生她的气。父亲卫正宇活着的时候,虽然帮不上什么忙,总归心里还有依靠。现在这个家都得他撑着,辛苦一天连口热乎饭都吃不上,还要到处给人赔不是。

付英华让王秀芹不要再跑,就算上辈子是个哑巴,说了快一辈子的话,也够本了。王秀芹拄着拐杖站在庭院里不表态。付英华话越说越狠,你再这样,把你拴在树上。王秀芹歪着脑袋,不拿正眼瞧她。付英华又说,不缺吃不缺穿,你这老不死的是不是存心作对,你这样死了也不给你烧纸。王秀芹拄着拐杖往大门口走,付英华抬腿一脚,把她踹在地上。

王秀芹走不动路,两个女儿上门找付英华算账。付英华指着两个姑子的鼻子骂,平时不管你娘,想尽孝咋不把你娘接过去,说我虐待老人,你们问问她,我少她吃了还是少她穿了?过了十多年,付英华再提及王秀芹,说得最多的是两件事,她做饭没点,话多。至于踹王秀芹的这脚,她早已忘干净了。

卫正宇是一九一几年出生的,1992年冬天死的,说不准是七十九还是八十。他娶过两个老婆,第一任老婆姓毕,具体叫什么,没人知道。墓碑上刻着也是毕氏。毕氏和卫正宇结婚没多久,生病死了,没有留下子嗣。后来经人介绍,卫正宇娶了杭柳村的王秀芹。辛留村和杭柳村不是一个镇,但挨得不远,两个村的人多有通婚。王秀芹先后生过十个孩子,活了五个,卫学金的下面还有个小两岁的妹妹,长到三岁的时候送了人。因毕氏早亡,孩子按照风俗,都不叫卫正宇爹,叫叔。这四个孩子以年龄排序,分别是,儿子卫学成,女儿卫青,女儿卫红,儿子卫学金。

付英华嫁过来的时候,卫正宇七十多岁,慈眉善目,光头,留着白胡子,偶尔下地,干不了重体力活。为了给儿子结婚,卫正宇东拼西凑,这家借十块,那家借八块,留下一屁股债。卫正宇对付英华心里有愧,经常挂在嘴边的一句话是,你歇着,让他们干。

兄弟姊妹七个,付英华排行老六。母亲经常对付英华说的话是,让你四个哥哥干。来到卫家后,付英华忙碌了三十多年,没怎么休息过,生两个孩子的当天,她还挺着肚子下地干活。四十三岁那年,付英华得了痔疮,住院休息过几天。四十八岁那年,卫学金骑着摩托车载着付英华在村北边的国道上,被大卡车撞了。卫学金胳膊擦伤,付英华肋部疼了好几天。六十岁那年,付英华在一个生产塑料膜的小作坊上班,伤了脚筋,去医院拍片。医生说,你肋骨断过三根。出院后,付英华休养了两个多月。阴天下雨,脚不舒服,到了冬天,受伤的部位比别处凉,她用布缝了块护垫,绑在脚上。到了回忆的年纪,付英华总是说,还是在家当闺女好,什么也不用干,什么也不用操心,吃饱了饭和姐妹们去买衣服,去镇上的供销社绞了一块布,做了一件褂子,剩下的布料做了一对手套。回家后,我爹问我,钱呢?我说,都花光了。

1981年,山东包产到户,按照每户的人口分地,付英华的女儿这年出生,加上智力障碍的卫学成,七口人,分了七块地。这七块地,不在同一个地方,散落在辛留村的四周,耕种起来麻烦,先种一块,再种另一块。有块地在西山上,如今学军厂房再往北的位置。初秋收了玉米,付英华拿着锄头翻地,卫正宇抱着孙女坐在地头上等着。夕阳西下,暑热不减,四周也没遮阴的地方。怀里的孙女晒得像块炭,抱在怀里烫手,卫正宇说,红杰(孙女小名)她娘,别干了,明天再来。付英华说,一次干完,省得明天再跑一趟。卫正宇说,咱俩替换下。付英华说,你锄得没我快。

卫正宇说起年轻时在外面闯荡的经历。锄地不是轻松活,连日来的干旱,土地干得像块石头。付英华对卫正宇的话也半信半疑,心里琢磨,最后还是回来当农民,家里穷得叮当响。听一句,忘八句,一个老人大半辈子的历史,从嘴巴里说出来,伴随着纷扬的尘土,消失无踪。

1949年前,卫正宇在青州当文书,给人写字信。成家之后,他也常年在外不顾家。政权更替,卫正宇回来种地,向王秀芹的大哥借了一头牛。没几天搞公社,牛充了公。大舅哥讨要过好几次。卫正宇和大舅哥彻底闹掰,是有年的除夕他把自己一身长袍马褂当掉,买回来一点肉剁馅包饺子。大舅哥来了把肉馅倒进口袋里走了。那晚，卫正宇剁了点萝卜包的素水饺。这事之后，卫正宇再也不和王秀芹的娘家人来往。卫学成成年后，有人上门说亲，被卫正宇一句话回了，家里一个傻子就够了，再娶个傻子进门，拖累的还是我小儿子。卫学金出生的时候，卫正宇四十岁，中年得子，偏爱到了溺爱的地步。"文革"时期，卫正宇扫过几年大街，知识无用，让他心灰意冷，自己虽谈不上满腹诗学，可也是小地方的知识分子，但他没教过儿子识文认字。卫学金初中上了两年就不上了，他有些愚钝，不是学习的料。"文革"之后，村里认字的少，卫正宇在小学里教过一段时间的书，有些威严。过去很多年，曾经的孩童长大成人，碰到带着孙子遛弯的卫正宇还会恭敬地喊一句老师。

除去务农和操持家务，六十岁之后，卫正宇没再出过远门，村里有红白喜事，请他去当账房，在红纸和白纸上写毛笔字，红纸贴在堂屋，白纸挂在花圈上。到了春节，上门求写春联的络绎不绝，他也爱写，把这当作郑重的事，戴上老花镜，查字典以求每幅都写出新意。王秀芹不乐意，赔本的买卖，还这么认真。卫正宇训斥道，你懂个屁，春联一年都挂在人家大门上，这是我的脸面。

宅子是土坯茅草屋，夯土的地面，一年四季，要不时在地上洒水。正屋分为三间房，东西偏房加中间的堂屋。堂屋隔成两间，一间是客厅，一间是起居室。卫正宇夫妻住在堂屋的起居室,卫学成住在西偏房,卫学金夫妻住在东偏房。卫正宇的书桌摆在客厅,上面常年放着笔墨纸砚。院子不大,中间有个石磨,西院墙边种着两棵枣树。到了秋天,树上挂满了枣。上世纪九十年代,卫正宇夫妻相继离世,卫学成也走失了。老宅荒废,每到秋天,村里的孩子们总偷跑进来打枣吃。卫学金把两棵枣树砍了。

农闲时,这家人的一天是这么度过的:王秀芹去外面串门说闲话,卫学成早上吃完饭一抹嘴就跑出去了,卫学金和村里的壮劳力去西山炸山采石头,付英华在院子里洗衣服,卫正宇捧着本破损的《水浒传》坐在院子里看。看到兴奋的地方,卫正宇对付英华说,我给你讲段一百单八将的事。付英华说,你讲了我也听不懂。卫正宇说,要不给你书看?付英华说,我一看书就头疼,为这,初中只上了一年。卫正宇笑起来,那我讲给红杰听,没讲几句,孩子在付英华怀里挣着要出去玩。家里只剩下卫正宇,书已泛黄,字迹不清,他翻到第十回"林教头风雪山神庙　陆虞候火烧草料场"念道:且把闲话休题,只说正话。迅速光阴,却早冬来。林冲的棉衣裙袄,都是李小二浑身整治缝补。忽一日,李小二正在门前安排菜蔬下饭,只见一个人闪将进来……

读了没几行,困意袭来。卫正宇从柜子里翻找出一百单八将的画卷,徐徐展开,有些地方已经撕坏,用面粉熬成的糨糊粘着,糨糊风干后,既厚又泛黄,掩盖住了人物肖像本来的颜色和姿态。有时他想起年轻在外的经历,半个世纪的风雨飘摇,朋友大多杳无音讯。更多的时候,他什么也不想,只消磨着眼下的时光。年龄、阅历和学识,也不能完全让一个人洞察人世,曾经困惑的事可以丢在一边。

1986年,孙子出生,卫正宇翻书查典准备的名字被一一否决,男孩用天干地支取名也显得陈腐。最后名字还是付英华取的。儿子出生后,老宅住不过来,来年开春,村北边批出一块宅基地,付英华四处借钱,凑了一千多块,拉砖运石头,打地基盖房子。房子盖到一半,钱不够了,付英华再出面去借。村里盖房各家各户搭手帮忙,管顿饭的事,不用工钱。两个月不到,主体结构完成,装上门窗后,从老宅搬来简单的床桌椅板凳,卫学金一家住上了新房。之后几年,卫学金一家省吃俭用,还清了欠款的同时也陆续修整房子。

1992年的冬天,卫正宇病逝。死后还发生了几件和他有关的事,大致如下:两年后,同样是冬天,王秀芹去世。老宅只剩下卫学成,他搬到了东偏房。西偏房成了他的仓库,堆满了他从垃圾堆里捡拾来的东西。堂屋常年上锁,卫学金隔几天过来开门通下风。1997年秋天,卫学成走出家门,再没回来。老宅空了,卫正宇珍藏的书籍和卷画,当破烂卖掉了。1998年元旦过后,央视播出了《水浒传》连续剧。1999年,邻村老友罗长青生了一场大病,下身插着尿管,腰间挂着的尿袋再没离过身。出院回到家,卫学金去看望,罗长青回忆起和卫正宇在院子里喝酒吟诗的日子,泪流了多时。年底,罗长青去世。之后,卫、罗两家的后人,甚少来往,见面点头之交。2005年,孙子卫华邦上大学。2006年,孙女卫红杰结婚,同年产下一女。十多年间,村公墓迁过两次。第一次迁坟,卫正宇夫妻的骨灰盒早已腐烂在泥里,卫学金象征性铲了几下土,捡拾了几块骨片放在另外的骨灰盒里。隔了几年,第二次迁坟,骨灰盒又腐烂了,找不到任何骨头,当真是回归了自然。每逢春节,村里的老人谈及卫正宇,他字写得好,肉蛋也炸得好吃。这两样,是卫正宇活了一辈子,留给这世间的念想。

西屋储存粮食的瓮上面有老鼠咬过的痕迹,卫学金脑海里短暂闪过卫正宇的模样。储存粮食的几个大瓮,是卫正宇为数不多留给儿子的物件。本来还有一辆大梁自行车,前几年卖了破烂。卫学金挪开瓮上面堆放的杂物,检查粮食。上面一层玉米被老鼠咬碎了。打扫干净后,他拿木板盖住瓮口,再压上杂物,以防万一,把几块涂抹了红色老鼠药的馒头扔在角落里,又在门边支上捕鼠夹。

卫学金闻了下手指,嗅到刺激的鼠药味。一到冬天,卫学金那双松树皮般粗糙的双手,手指上就开出一道道裂缝,长着暗红的嘴巴,涂抹防裂霜也没效果。上个星期儿子打电话回家,说他从电脑上查了下,手裂是因为总用汽油洗手。卫学金琢磨了下,是这个理,以前干活弄得一手油污,他习惯用汽油洗手。洗净手后,卫学金用医用胶带包扎裂开的伤口。

大门口底下堆放着杂物,趁今天没事,卫学金想收拾一下,他把摩托车和自行车推到庭院里,掀开帆布,看着角落里的柴油机一筹莫展。包产到户刚分了地那会,村里只有一口井,灌溉起来不方便,全村人小二百户排队,种上庄稼该出苗就那么几天,有时不下雨急死人。村南头的河沟,是南山上的齐鲁石化公司为了排污修的水渠,常年有污水流着。付英华和卫学金借钱买了这台柴油机,抽河沟里的污水灌溉农田。有了柴油机,给村民们浇地,一年半就把本钱赚回来了。灌溉的季节,卫学金守着柴油机,昼夜不息。用汽油洗手,也是那时养成的习惯,柴油机坏了,卫学金也自己摸索着修理。

后来,付英华和卫学金商量买台拖拉机。卫学金嫌投本钱太多,没同意。最后买了骡子和板车,卫学金当起了赶车的骡夫。同样是拉货,骡车逐渐被淘汰,拖拉机成为主流。村里最早买拖拉机的那批人,先富起来了。

很多年里,付英华总提及这件事,佐证卫学金是个目光短浅、没有魄力的人。拖拉机只是他们在三十多岁的年纪错过的众多机遇之一,更多的机遇是在他们毫无察觉中流失的。那时的他们尚且年轻,笃信通过自己的辛勤付出日子会越来越好。到了四十多岁,随着儿女们长大以及上学,家里的开支越来越大,他们习惯稳妥而不是贸然行事。二十多年里,卫学金家的存款从来没有上万,节衣缩食、勤俭持家是他们的生存之道。

今年夏天,邻居刘福农卖家里积攒的破烂,收破烂的年轻人开着一辆手扶拖拉机来。这几年,在镇东边齐鲁工业园的带动下,周围多了许多小工厂。有些脏活累活本地的年轻人不愿意干,周围县市的来务工,以临朐、沂水的居多。收卖废品这个行当利润不小,不过既累又脏,说出去有点不太光彩,本地人做的少,以外地人为主。他们背井离乡来到这里,租用村民闲置的院落,平时开着农用三轮车去附近几个乡镇开着高音喇叭收废品,农忙的时候给村民运送粮食赚外快。

收完刘福农家里的破烂,年轻人的手扶拖拉机发动不起来,问题出在柴油机上。卫学金想把自家的柴油机卖给年轻人。不过价钱没谈拢,年轻人开价一百五,卫学金不满意,咬住三百块不卖。年轻人觉得不划算,买这二手拖拉机总共花了不到两千块。卫学金也不肯落价,最近废铁的价格涨得快,单论铁,柴油机也够一百五了,别说他还是个柴油机。卫学金让年轻人再涨点,年轻人不松口,心想这柴油机你留着也没什么用,迟早会卖。卫学金虽然以铁价上涨当托词,可真以废铁卖了他也不愿意。让卫学金决心不卖,不是因为价格,是小伙子说的一句话让他生气了。小伙子看着落满灰尘的柴油机,说,这么多年不用,不会坏了吧?卫学金虽然是个大老粗,但对物件上心,不糟蹋东西,懂得养护。卫学金心里不舒服,摇头笑着说,你不知道我的为人。说着,他指着停在门口的摩托车,这车我骑了快十年了,看起来糙了些,但机器我养护得好。他用帆布盖上柴油机,把小伙子请出家门。小伙子问,你不是还有废品要卖吗?卫学金摆了下手,废品也不卖了。现在,卫学金对当初的执拗有些懊悔。也是因为刚丢了工作,百十来块钱在心里的分量也重了。

这几天卫学金一直没排便,在茅厕里蹲到烟抽完,仍没死心,后来腿蹲麻了,才心有不甘地提上裤子。空气中飘着一股化学粉剂的刺鼻味道,卫学金抬头看了下,分不清是今天本就太阳惨淡还是薄雾的缘故。他摸着鼓胀的肚子,感到身体憋闷,张大嘴巴喘息着,心情低沉下来。

付英华睡醒了,披着棉袄,坐在炉边。看到卫学金,问,怎么这么早回来了?卫学金简单说了下工作的事。付英华愣了会,用火柱松了下炉子,火旺起来,水壶发出嗞嗞声。付英华走出去,回来的时候抱着一棵大白菜,中午炒白菜吧?卫学金没应声,把锅端到炉子上热馒头。付英华说,熬黏粥喝吧。卫学金端着铝盆,去挖棒子面,加上凉水,用勺子搅拌着。付英华在案板上切白菜,干了半年还没发过工资,说不干就不干了?卫学金说,都是一个村的,学军说了,有钱就结工资。付英华说,他现在这样,啥时候有钱。卫学金不说话。付英华说,咱家啥情况不知道吗?你跟他说孩子上学还花钱,让他能结多少算多少。卫学金起身,踢翻垃圾桶,骂了句,去你娘的。

付英华常挂在嘴边一句话,话不是教的。卫学金不像付英华,有些严肃的话开着玩笑能说出来。从前,付英华在镇上给人种蔬菜大棚,十多个蔬菜大棚,一个人照看两个,七八个农村妇女算是同事。种蔬菜大棚不是个轻松的活,四季都热,尤其是到了收成的时候,把蔬菜摘筐里往外面运,尤其累。小推车不够用。妇女老孟,五短身材,一脸横肉,每次小推车都自己用,不管别人。这天要摘西红柿,付英华把小推车放棚里,锁了门。老孟敲门问,付英华在里面干活,装没听见。付英华推着蔬菜出来,老孟问,车子在你这里啊。付英华没好气,在我这里咋了,我还不能用吗?小推车也有我的份。老孟说,老付,小推车是一起用的。付英华说,那咋光看你在用呢。然后,付英华又推着车子进去了。

镇上的老曹和邻村的老潘,都不是善茬,可都愿意和付英华搭伙干活,有抹不开面子的事,付英华就好意思。到了发工资的时候,老板不发工资,就撺掇着让付英华去提。老板姓杨。看见他过来,付英华说,老杨,菜都卖了,见着钱了吧。老杨说,你想干啥?付英华说,别光你自己见钱,大家伙们也想看看钱长啥样呢。老杨笑,过几天发工资。付英华说,发工资又不是结婚,你还选日子啊。老杨说,下午发,下午发。付英华又说,你个大老爷们,别和娘们一样说话不算话,下午你要是不发,让人笑话。

1989年,卫学金在建筑队当泥瓦匠,工头是村南头的王德利。年底结工钱,说好的一天三块钱,变成了两块八。回到家,卫学金把事情一说,付英华气坏了,要去找王德利。卫学金拦着不让,说都是一个村的。付英华说,都是一个村,他能干出这种缺德事!扔下碗筷,付英华跑到王德利家门口破口大骂,扣下这钱你家就能好过了,死不出个好死。王德利的老婆开门赔礼道歉,把剩下的钱拿出来。卫学金和王德利两家的地对着,这事之后,农忙的时候,王德利看到付英华绕着道走。付英华看到王德利,脸歪一边,装作没看见。

熬好黏粥,付英华在炉火上炒白菜。她想起上个月卫学金说要和同事聚餐,走的时候兜里装着一百块钱,说好的饭钱均摊,卫学金垫了钱,后来那几个也没再把饭钱给他,成了他请客。付英华不高兴,凭什么你请客,你有钱花不完还是怎么地?让卫学金把饭钱要回来。卫学金说,百来块钱又不是多大数目,怎么好意思要。

老曹的儿子不务正业,赌博输了很多钱。老曹到处借钱帮儿子还债,向付英华借钱。付英华心里有话嘴上没说,你老曹是什么人我还不知道,你借了钱哪里有还的时候,我要是借给你,还不是喂了狗。付英华对老曹说,我知道你很难,咱俩一块干活这么多年,你第一次向我开口借钱,按说我不应该不给你,但凡我手里有钱就给你了,要不等我有钱了,我给你吧。

嫁给卫学金,付英华已经认命了。他不好意思谈钱,什么人才不好意思谈钱,越没钱的人越不好意思谈钱。可付英华又想,自己也是看上了卫学金的忠厚老实。付英华有些心酸,不为自己,卫学金这半年来起早贪黑为了什么呢?想到这里,付英华又为刚才的心直口快后悔,又不是不知道他卫学金是什么样的人。心里又念起卫学金的好处,顾家,勤快,家里的事都抢着做,不像有些男的,干完活回到家,往沙发上一躺,什么事都不过手。

卫学金做事仔细,容不得半点马虎,可是脾气也急。农业机械化普及前,地翻耕后扶地垄,卫学金在前面牵着骡子,付英华在后面扶着犁。扶犁吃劲,两只胳膊要一直用力,一松懈地垄就歪了。按说应该卫学金扶犁,可是牵骡子是个技术活,控制不好,骡子走偏了,地垄也跟着偏。骡子虽是牲畜,也看碟下菜,只认卫学金却不把付英华当回事。卫学金牵着骡子,它一点脾气没有。付英华牵着骡子,骡子就耍性子。所以付英华扶犁,好几亩地,总有累的时候,手一松懈地垄歪了。卫学金见状,松开缰绳,捡起土坷垃就往付英华身上砸。付英华抱头在地里跑,卫学金在后面追,嘴里骂道,眼瞎啊,这点活都干不好。其他农作的村民见状,活也不干了,站在地里看热闹。追出几百米后,卫学金气消了,走回去牵起缰绳,骡子不听话,他就抽两鞭子消气。付英华也不立刻回来,蹲在别家的地里和人说笑。对方说,老卫平日里看起来挺老实的,没想到是个急脾气。付英华说,嫌我干不好,有本事自己干。过会,卫学金扯着嗓子吼,还不来干活。付英华装作没听见。旁人说,老卫喊你了。付英华说,这是喊他娘呢。

过了五十岁,遇到事卫学金不说话,找个僻静的地方生闷气。付英华走出去,看到卫学金蹲在院落里抽烟,头埋在腿中间,后脑勺长出了白头发。付英华说了句,饭做好了,先吃饭吧。卫学金没作声。付英华又加了句,外边冷,快进来吧。卫学金沙哑的声音,有气无力,说了句,我等会进去,你先吃吧。付英华回了屋。

卫学金没吃馒头,夹了几口白菜喝了几口粥,放下筷子,坐在一旁出神。付英华问,多吃点。卫学金说,吃不下。付英华说,困了就躺会。卫学金没作声。付英华说起昨晚工作的事,剪完袋子,要推着平板车去取新的,十几个妇女,三辆平板车,忙起来不够用。临朐的一个妇女占着平板车,付英华看不过去,去要平板车。妇女不给,付英华就夺,吵了两句嘴。引来小组长评理，付英华嘴快理多，本不占理也像是有理的，加上又是本地人，小组长多少有些偏向。卫学金说，别总和人吵架。付英华说，外地的来咱这里还不老实，我早看她不顺眼了。卫学金又说，都不容易。付英华说，都和你这个想法，这日子不用过了。说者无意，听者有心。卫学金说，我明天就去找活路。付英华说，你歇一冬，明年开春再找，我每月都发工资，日子也能过。卫学金不知道怎么搭话，索性没再说什么。付英华吃完饭，收拾碗筷，这阵子卫学金皮肤蜡黄，饭也吃不下，她心里有些担忧。

昨晚付英华在厂里碰到了老曹，两人一阵吃惊，放下手里的活攀谈起来。老曹的外甥女在旺达塑料厂坐办公室，托关系让老曹在办公楼打扫卫生兼端茶倒水。老曹性子急说话直也没眼力，做不了伺候人的差事，一上午就顶撞了两个经理。外甥女又托关系把老曹调到仓库做清洁，不太用和人交流。守着仓库半天也见不到几个人，老曹话多耐不住寂寞。这才上了三天班，晚上老曹到处转，转到付英华工作的车间。老曹说，你这里多好，人多热闹，还有人说话。付英华说，计件的活，手脚停不下。老曹说，伺候机器比伺候人强。然后两个人说起在老杨蔬菜大棚干活的事，钱是少点，不过自由，没事的时候凑一块聊天，饿了或者渴了，去棚里摘西红柿黄瓜吃。付英华走后，老曹又在老杨那里干了小半年。付英华问，你怎么来这里了呢？老曹说，你还不知道吗？付英华说，我该知道啥？老曹叹了口气，脸上焕发出长谈的兴致，咱出去说的。付英华放下手上的活，跟着老曹走出车间。

付英华走了没多久，老杨查出来肠癌晚期，去北京的大医院治了阵子，起初还有效果，后来就不行了。正好蔬菜上市，没人盯着也不行，老杨的女儿陪他去住院，老杨的老婆留在棚里。老曹说，老杨这病就不应该治，最后人财两空，我这样说，老杨老婆还不愿意听，最后怎么着，我没说错吧。付英华说，是这个道理，你也不应该直接说。老曹说，我这是为他们好，三个月花了三四十万，老杨还是死了。

老杨生病这事，付英华其实知道。两个多月前，付英华的三哥血管堵塞，在区医院打吊瓶。付英华看完三哥，经过医院的大堂往外走，碰到老杨的女儿小杨。付英华问小杨来医院干什么，一问，小杨眼泪出来了。小杨不到一米六，本来一百八十斤，几个月不见，虽然还是胖，人消瘦了一圈。付英华安慰小杨，老天爷不可怜人，老杨这么好的人，怎么得了这病呢。小杨一听，泪绷不住，抽泣起来。两个人坐在医院的椅子上。付英华说，到了这个地步，就别想那么多了，尽到做儿女的心意就好。小杨点头，我爸才五十多，还没享过福。付英华的父亲也是五十多去世的，想起来，不免有些感慨，眼眶也红了，说，现在医学发达，说不定能治好。小杨摇头。付英华又说，有钱人得了这病都没办法，咱老百姓能怎么办呢。

半夜,车间的机器声嗡嗡作响,寒风把人吹透了,付英华和老曹靠在墙角,抬头看着漆黑的夜空,陷入短暂的沉默,脑海中浮现出七八年前的老杨。老杨不是本镇的,是杨坡镇人,医专毕业,回村开了个小诊所。老杨有一对儿女,女儿出生没多久,想生个儿子,把女儿送给亲戚了。女儿十多岁的时候,又把女儿要回来了。七八年前,女儿研究生毕业后,不想出去工作,回到村里。小诊所开得好好的,老杨为了多赚点钱,拿出所有的积蓄,承包了蔬菜大棚。七八年过去了,儿子读研没毕业,老杨生病死了。初衷是为了赚钱,但钱最后都用来给老杨看病了。付英华又想起,刚认识老杨的时候,五十出头,穿戴整齐,细皮嫩肉,说话得体,不像农民。七八年后,整日泡在蔬菜大棚里,肤色黝黑,全身脏兮兮的,像个六旬老汉。平日在棚里打农药,妇女们都不愿意干,老杨亲自打,农药刺鼻,他嫌不得劲不戴口罩。付英华说,老杨命苦,折腾几年到头来给家里留下一屁股债。说完,付英华撇下老曹,往车间走。老曹说,明天我申请调到车间和你做伴。

听了老杨的事,卫学金没表态。付英华又说,钱慢慢赚,身体要紧,儿子还没成家,你可不能有事。卫学金呛了句,我能有什么事。付英华说,这几年没体检,明天去医院复查下。卫学金没作声。付英华说起儿子卫华邦,同样是念大学,人家孩子一个月生活费三百,给他四百还不够,你说他在外面干什么?付英华又说,咱俩都这么节俭,他大手大脚随谁,下次他再打电话要钱,得和他说说这事。卫学金起身,走向卧室,脱掉上衣和裤子,穿着毛衣线裤钻进被窝里。付英华还在说着什么,卫学金听见了但没说什么,他用手抚摸着肋骨和隆起的肚子,大口喘息着试图让身体透口气。

付英华把换下来的脏衣服扔进铁盆里,热水和凉水勾兑到温热,撒上洗衣粉搅拌了下。铁门响了,付英华去开门,是堂侄成都。成都点上一根烟,明天盖西屋,和小叔说声。付英华说,正好他这几天没事,学军那里不干了。成都问,最近查环保,很多小厂子都不让干了。付英华问,你上班的地方没事吧?成都说,厂里安装环保设备,放半个月假,我寻思趁还没上冻前,把西屋盖起来,水泥、砖、沙子今天下午都拉过来。付英华说,那得抓紧,说上冻也很快,不过人多盖起来也快。成都笑了下,小叔醒了你和他说声,我再去通知下别人。付英华说,最近厂子忙不好请假,不然我也去当个小工。成都说,不用了,人手够。

卫学金看了眼床头的闹钟,一点二十,睡了不到半个小时。他起身靠着隔板,倦怠地望着房间,少许的阳光从窗户照进来,角落里堆满了用不着又舍不得扔掉的物件,显得有些杂乱。卫学金望着窗棂上已经褪色的萝卜钱,玻璃上还留着上个春节擦拭留下的痕迹。卫学金发现脱掉的衣服不见了,他喊了几声付英华的名字,没有回音。过会,付英华走进来。卫学金问,你去哪了?付英华说,你怎么不多睡会。卫学金说,睡不着了,衣服呢?付英华说,我给你洗了。付英华从衣柜里找出一件棉衣一条裤子,放在床上。

黑色的配有袖章的棉衣是上个星期女婿王亮买的,卫学金穿过一次,被乡邻说像是保安服。卫学金虽然嘴上没说什么,心里有点别扭,回家后站在镜子里看了下,确实有点像保安穿的,料子摸起来也没那么好。他问了女儿,这衣服不到两百块。卫学金没觉得有什么,付英华不乐意,觉得他们不舍得花钱。卫学金说,能给你买件衣服就不错了。付英华说,也就比不买强点。裤子是去年春节前买的,卫学金只在串亲戚时穿过几天,平日里干体力活,也没机会穿。现在拿出来,裤子和新的一样。换上衣服,卫学金有些不适应。付英华说,衣服留着不穿干什么。付英华说成都来了。卫学金听后要去看下。付英华说,明天才盖屋,你早去干什么?卫学金说,看有什么帮忙的。付英华没好气地说,不缺你一个。

前几天,卫红杰电话里说想吃家里蒸的馒头。昨天付英华蒸了一锅。馒头在冰箱里冻了一夜后像石头,她边把馒头装袋边说,早知道你今天去,就不放冰箱里了。东屋里还有一袋面粉,是用小麦从镇上的面粉厂兑换的。卫学金把面粉绑在摩托车后座上,拿着馒头和几棵大白菜上路了。

1997年,卫红杰初中毕业,在工业学院读中专。每周付英华只给她十块钱,除去来回的三块钱车票,手里还留着几块钱。每到月初,卫学金用摩托车驮着一袋麦子,送到学校食堂,兑换成七八十块钱的饭票。饭票不单用来吃饭,还在小卖部买日用品。卫红杰学的计算机,三年后毕业回到村里,家人托关系在镇上的化工厂当质检员。在外面待久了,卫红杰不想回村,每天早上起床去上班都凶着脸。干了不满一个月的质检员,卫红杰在县城找了份打字复印的工作,和专业多少有点关系。卫红杰十天半个月回家住一晚上,多数时间在外面租住。

在卫学金的记忆中,1997年家里发生了两件印象深刻的事。一是卫红杰读中专,村里有的孩子分数不够多交了几千块,女儿虽没考上高中,但读中专没花冤枉钱。第二件事在十月份,地里种上小麦,好几天没见卫学成上门讨要干粮,晚上卫学金去老宅,大门锁着,开锁后,他把馒头和咸菜放在桌子上,又用铁丝把东屋的钥匙扣缠上。过了两天,卫学金又去,桌子上的馒头和咸菜没变样。家族成员聚在一起商议,卫学成神出鬼没,平时会去什么地方从没对人提过。寻人没有具体的方向,大家拿着寻人启事,分头在附近的村镇张贴。过了几天,家族的其他人都有事要忙,寻人者就剩下卫学金。他拿着卫学成的八字求教算命先生,先生掐指一算，指着西北方向，三天之内找不到就别找了。卫学金骑着摩托车又跑了三天，毫无收获。走到这步，找人不是单纯的找人，变成掩人耳目，让别人知道，不是不继续找，是实在找不到。卫学金去当地电视台登寻人启事，黄金时段在屏幕下面滑动播出一行字，一共滚动了四次，收费四百块。

卫学金时常想起最后一次见卫学成的情形，起初细节清晰，包括当时阳光照射在脸上的角度，卫学成的穿着以及被打骂后脸上惊恐的表情和怯弱的举止，后来一切都趋于模糊。每逢农忙，卫学成就躲出去，寻不见人。六亩地的玉米堆满胡同，人工剥掉苞谷皮要三四天的时间。一大早，卫学金去老宅，把卫学成堵了个正着，领着他来到村北边的新宅。五十多岁的卫学成，像个孩子低头站在庭院里一言不发。卫学金拿着棍子要打断他的腿，被付英华拦了下来。卫学金说，饭知道吃，活一点都不干，平时往外跑没人管你，家里有活你也跑，我看你想干啥！卫学金骂完，出去剥苞谷皮了。付英华领着卫学成进屋，好言相劝，劲留着也攒不下，忙的时候就这几天。侄子卫华邦端出粥放在桌子上，大爷，喝吧。卫学成腼腆地笑了，坐下端着粥喝。付英华在旁边说，你看，家里人对你多好，你还到处乱跑，干点活能累死你吗？卫学成不搭话，喝完粥，出去剥苞谷皮，剥一阵子，趁着去上厕所，不知去向了。见卫学成没回来，卫学金坐在积压如山的玉米堆里笑了。付英华也笑了,你哥说傻,也不真傻,我看比咱俩都聪明。

卫学金深陷在懊悔里,认为大哥的出走和自己的苛刻有关。这么多年,卫学金偶尔会想起卫学成。遇到事要找人商量,别人都有个亲兄热弟,他自己一个人。邻村有个拾荒的,也是智力低,一年四季穿着旧时不合身的粗布衣服,背着麻袋捡拾垃圾。同样拾荒,他和卫学成不同。卫学成不为钱为爱好收藏,邻村这个是只为换钱。每次见到他,卫学金总想起卫学成。

十年了,卫学成不知去向,如果活着的话,也是小七十的老头了。卫学金分析过诸多可能性,被人骗去做苦工,或者直接杀了卖器官。开始,卫学金寄希望于卫学成能有天自己回来。半个月后,卫学金收拾卫学成的房子,从床底下找到一个木箱,里面有个塑料袋包着一沓钱,最大面额十块,毛票居多。除此之外,还有从杂志上剪下来的女性画册,大多穿着比基尼,卫学金认出里面有巩俐。箱子底下有个小箱子,里面是几个大小不等的芭比娃娃,有的身体完整穿着衣服,有的缺胳膊少腿。卫学金眼睛红了,他从来没试图了解过大哥的内心世界,而卫学成也没向这个世界吐露过内心。老宅没人住,很快破败了,荒草丛生,院中只剩下搬不走的石磨。几次雨水后屋顶塌了,卫学金想过修缮,手头不宽裕,也未付诸实施,只在岌岌可危的院墙上挂了瓦片。

卫红杰在县城换了三份守着电脑和打印机简单操作的工作，开始时月薪三百，除去租房和日常花销外，剩不下多少钱。两年后，租房和日常花销都涨了，工资不见涨，卫红杰开始考虑职业规划，继续当打印员没什么前途，上班之余她报了个夜校学初级会计。拿到证书后，卫红杰在一家安保公司当仓库保管。相比打印员，保管更适合卫红杰，进出仓库的人不多，简单的记录也不繁琐。空闲的时候卫红杰看书，言情小说居多。

王亮比卫红杰大两岁，济南读了三年电子专业，来安保公司工作不到一年，负责安装监控。经常去仓库拿设备和器械，一来二去，卫红杰和王亮混了个脸熟。两个人都不爱说话，见面就笑一下。卫红杰对王亮的印象是，脸白，长得不错，就是个头矮点，卫红杰一米五八，他俩站在一起差不多。到了晚上，公司四五个二十岁出头住宿舍的年轻人聚在一起打牌。打牌见人心，没几天，彼此的脾气秉性就摸得差不多了。王亮不爱说话，心思重，爱琢磨事，看事不看表面。卫红杰不爱说话是因为没心机，说出来的都是心里话，怕得罪人。

认识王亮之前，卫红杰交往过一个男的，叫李朋。李朋家在镇上，一米七五的个头，人瘦话多，左眼有点毛病，不仔细看看不出来。李朋初中学历，是塑编厂的车间操作工，经常熬夜，总是一副睡不醒的样子。他俩是相亲介绍，而且订婚了，不算恋爱，只算交往，后来分手了。分手的原因有很多，一是，性格合不来，李朋话太多，卫红杰话少。李朋只顾自己说话，在卫红杰看来都是废话，没一句有用的。二是，卫红杰不愿意李朋碰自己，不是因为别的，其实是不喜欢他，觉得和自己没什么关系。就这两点，还没到分手的地步，毕竟都订婚了，双方也设宴款待了亲戚。2002年，卫学金在医院住了半个月。这半个月李朋不仅没去看，问候的电话也没有。卫学金出院后，付英华出面否了这门亲。定亲再反悔，出去不好听，付英华管不了这么多，没结婚就不把人放眼里，结了婚还得把他当财神爷供着呢。

见到王亮的第一眼，付英华就不满意，嫌他个头太矮。饭还没吃，付英华就找措辞对王亮说，女儿年龄还小，不着急结婚。这种大事付英华做主，卫学金插不上嘴。付英华说，找不到别的了吗，单看上他。付英华又说，哭也没用。迫于家庭压力，卫红杰向王亮提出分手，也换了工作。王亮在卫红杰新单位的外面等候了一夜。这一夜，王亮没合眼，抽了一包烟。看着满地的烟头，卫红杰下了决心。有了阻挠的插曲，除了婚礼时王亮喊过付英华一声妈，后来见到付英华，王亮都不言语。王亮家出资在县城买了房子，婚后不到一年，卫红杰生了女儿。

外孙女不到八个月，已经会蹒跚走路。在卫学金的印象里,卫红杰总是噘着嘴,稍微出点力气,就唉声叹气,没什么事情可以让她高兴。夏天雨水充沛,玉米长得比人高的时候,钻到玉米地里弯着身子拔草。十来岁的卫红杰,拔着拔着一声不吭跑回家了。付英华气得骂娘。卫学金说,她不干,咱们多干点。付英华总是说,两个孩子这么懒散,都是卫学金惯的。

卫红杰把果盘和零食放在茶几上让卫学金吃。卫学金没吃,去抱外孙女,刚搂到怀里,她就哭了。卫学金摆鬼脸,哭啥,不认识我吗？我是你姥爷。外孙女哭得更厉害了。卫红杰把女儿抱过去,揽在怀里。自从生了孩子,卫红杰胖了十几斤,楼房有暖气,她穿着睡衣不修边幅,看起来像中年妇女。室内温度太高,十几分钟后卫学金出了一层汗,感到呼吸困难。电视只能收到两个台,卫学金看了会觉得没什么意思。卫红杰抱着女儿已经睡着了。卫学金本想说点什么,张了下嘴,一句话也没说出来,穿上大衣,开门走了。卫红杰迷糊中听到防盗门的响声,知道父亲走了。她再次醒来的时候,已是黄昏,面粉放在角落里,是王亮回来后搬到厨房的。

卫学金临时决定去批发街。批发街在小区的外面,是条几百米长的街,以搞批发为主,也散卖,价格便宜些。卫学金走进一家卖保健器械的店铺,看上了一个按摩锤。卫学金早就想买一个按摩锤,在镇上的集市也看到过,二十多块钱他觉得有点贵。店里的按摩锤花样繁多,外包装上写着强身健体、延年益寿的字样,联想到这些日子疲惫的身体状况,卫学金拿着锤子在后背和肩膀上敲打了几下。看店的是个十八九岁的小伙子,坐在柜台里对着电脑正玩游戏。卫学金问,这个多少钱?小伙子不耐烦地抬头看了眼,三十。卫学金问,还有便宜的吗?小伙子说,都摆着,自己看。卫学金选了个没包装的按摩锤,敲打了几下,感觉和之前的没什么区别,便问,这个呢?小伙子说,二十五。卫学金问,最便宜多少钱?小伙子说,最低价,不还价。卫学金说,做买卖怎么能不还价呢?十八我就买了。小伙子不耐烦地说,你听不懂人话吗?小伙子气冲冲走出柜台,掐腰站着,打量着卫学金,你到底买不买?卫学金说,你怎么说话的?小伙子说,你管我怎么说话,不买就出去。说着,他从卫学金的手里夺下按摩锤,把他往门口推。小伙子说,买不起就别看。卫学金站在门口骂了句,操你娘,你知道我买不起?他气得浑身发抖,哆嗦着点上烟,抽了两口,记下了这家店的名字。回去的路上,卫学金一直在想,为什么被小毛孩子如此对待,起初是生气,后来内心泛出一阵心酸。肋部一阵疼痛,摩托车把抓不稳,他停下车蹲在路边摁住肋部,疼得满头大汗。

回到家,付英华正在包猪肉水饺。卫学金板着脸一言不发。付英华问,谁惹你了?卫学金说,问来问去,你这么想知道咋自己不去问。付英华不再作声。过了会,卫学金洗干净手,和付英华一起包水饺。付英华又问,红杰是不是惹着你了?卫学金瞪着眼,看着付英华。付英华低下头,不再言语。

这天晚上,卫学金吃了七个水饺。付英华不乐意,为了你才包的水饺,你就吃这么几个。卫学金说,再啰嗦,滚出去。付英华把剩下的水饺分成两半,一半装进饭盒留到半夜吃,一半放进冰箱。临走的时候,付英华从铺盖底下拿出五百块钱,明天去医院查体,咱再缺钱,不该省的不能省。卫学金躺在床上没作声。付英华走后,卫学金起来,倒了盆热水泡脚。这天晚上,卫学金肚子胀得厉害,辗转反侧睡不着觉。半夜,他去茅厕蹲到全身凉透。一只老鼠冒出头,听了会他的哀叹声,缩回洞里。

叁　查体

| 公历 | 公元 2007 年 12 月 5 日 星期三
| 农历 | 二零零七年 十月(大)廿六
| 干支 | 丁亥年 辛亥月 癸酉日
| 生肖 | 属猪
|24 节气| 大雪(12 月 7 日) 冬至(12 月 22 日)
| 宜 | 祭祀 沐浴 成服 除服 结网 入殓 移柩
| 忌 | 结婚 开工 开业 安床 安葬 交易 开张 作灶 修坟 开市 嫁娶 出货财

2016 年,卫学金死后第九年的冬天,付英华去市传染病医院查体。检查的结果不好,医生说要终身服用抗乙肝病毒的药。她虽然一直有乙肝,但六十多年都是病毒携带,犯病是因为夏天的时候,她治疗脸上的白斑病。付英华三十多岁开始长白斑病,如今快三十年了,周围人都以为她习

惯了自己这张不同寻常的脸。前几年,脸上的皮肤都成了白的,倒显得干净。农村妇女风吹日晒大多皮肤黝黑暗黄,付英华算是因病得福。但从这年夏天,先前褪色的皮肤慢慢长出了新的,先是一块黑点,然后逐渐变大,变成了一大块暗黄的皮肤。这样下来,皮肤又成了一块白一块黄,像地图刺在脸上。

这几年,付英华手里攒了几万块钱。看着电视台播出的治疗白斑病的广告,她动了去治的心思。付英华说想去,儿子说这些广告都是骗人的,白斑病根本治不好。付英华不死心,想激光美容把暗黄的皮肤给打掉。儿子说,整形医院也都是骗人的,激光根本不管用。她又想去植皮。儿子说,植皮要花十几万。付英华仍不死心,又说不想治好白斑病,想把长出来的暗黄皮肤去掉。为了让付英华死心,儿子带她去了医院,皮肤科的大夫劝她不要治了,一是年龄大了,二是花冤枉钱。回去后,付英华觉得小医院的大夫医术不行。儿子又带着她去了市里的医院,医生看后说,皮肤病是内分泌的问题,开了几种口服药调节。付英华把药吃完了没有任何效果,觉得这几百块钱白花了。她认为的白花,是没找对医院。脸上暗黄的皮肤面积越来越大,付英华不愿意出门。三十多岁刚得病那会,打听到周村有个老中医。付英华花了几十块钱从老中医那里买了他自制的药水,涂了几次后白斑消退了。过了一年多,白斑又长了出来,付英华再去周村。老中医已经死了,药水也没流传下来。听人介绍,付英华又去了滨州,在脸上涂烂泥一样的药膏,刚贴上时有效,不用就没效果,贴完药膏脸上火辣辣的又痒又红。

邻居王大妈得了皮肤病,全身瘙痒又肿又红整宿睡不着觉,去医院看了几次,口服的药、涂抹的药还有浸泡皮肤的药拿了一大堆都没有效果。听说周村有个小诊所治疗皮肤病有效果,想和付英华一起去。付英华留了个心眼,没一起去,想看王大妈吃了药效果怎么样。王大妈吃了几天药,身上不痒晚上也能睡个安稳觉了。付英华动了心,让儿子陪她去。卫华邦不去。她一个人坐车到市区的公交总站,又坐上去周村的车,下车后,步行几百米找到了诊所。

诊所是个不起眼的沿街房,门前排着长队。坐诊的大夫是个中年男子,尖嘴猴腮。不管来看病的是什么病,没说几句自己的病情,男的就转身从货架的罐子里拿出几粒药用纸包好。大夫看了眼付英华,拿出药说了下怎么吃,就让她去交钱。付英华问,药片没名字,吃了没事吧。大夫有些不高兴,每天这么多来看病的,还能吃坏了你。到家已经是下午两点多。药开了一个月,付英华吃了一个星期,吃不下饭浑身没劲整日躺在床上。又过了几天,付英华说话的力气都没了。王大妈也躺床上好几天不吃饭了。付英华在医院检查出药物性肝损伤,各项转氨酶升高,肝功能不正常。

在市传染病医院住了半个月，付英华肝功恢复正常。临出院医生叮嘱她，不要再想着治皮肤病，小诊所开的都是大剂量的激素药，把身体吃坏了。夏天，付英华出院。半年后的冬天，付英华来复查，体内的病毒又升上去了。回去的路上，卫华邦在前面开车，付英华坐在后面想起九年前的一件事。下面要说的，就是这桩旧事——

早上七点多，付英华下班回到家。有两个门通往卧室，一个在客厅里面，一个在外面的屋檐。她没进客厅，从屋檐那侧的门进了卧室。门的下沿摩着水泥地面，付英华用力一推，把卫学金吵醒了。卫学金说，你回来了。付英华说，回来了。卫学金开始穿衣服。付英华说，你多睡会。卫学金穿上衣服下床生炉子。当时付英华没觉得什么，卫学金死后又过了几年，她开始后悔这天早上没走客厅的那扇门，或者可以走这扇门，要是轻手轻脚一点就不会把卫学金吵醒。卫学金好不容易休息一天，能睡个懒觉。

刷完牙填满装炭块的池子，卫学金骑着摩托车出了门。传染病医院在市区南边的小山丘上，距离辛留村大约三十里地，骑摩托车要半个小时。查体要空腹，卫学金没吃饭，上路没多久就被寒风吹透了。

这年春天，卫华邦在市传染病医院住了一个月，花了一万多块钱。大学里有保险，一万块能报销一半，这都过去大半年了，钱也没报出来。卫学金一直惦记这事，每次打电话问,儿子都说还在等通知。卫华邦高考前体检查出乙肝病毒携带,在外地上了两年大学,抽烟喝酒作息不规律转氨酶升高。儿子住院期间,卫学金不常去,欠费时去缴费。中间有次去医院缴费,卫学金崴了脚,一瘸一拐爬医院里的斜坡,走到一半看到儿子叼着烟、拿着饭缸下山打饭。卫学金忍住怒火,医生没让你不抽烟吗?儿子把烟扔在地上。卫学金又说,烟抽一半就扔了,这不是浪费嘛,把烟捡起来自己抽了。

儿子出院时,卫学金骑着摩托车路过鲁中监狱,儿子让他停车。沟底有几张散落的粉红钞票,两个人下沟去捡钱,到了跟前才看清楚是钞票不假,面额也很大,后面好几个零,上面印着天国银行。这五十多年,卫学金从来没有过不为钱发愁的时刻,年轻时以为是自己做得不够,或许好运还没来;后来他把希望寄托在儿子身上,目前看来这希望就像曾经抱有的那些希望一样结局惨淡。

卫学金觉察身体出了问题,这次虽然是来体检,他做好了入院治疗的准备。像他这十年间住过三次医院一样,这次也免不了让付英华去外面借钱。生病了借钱住院,养好了再去赚钱,然后病了再借钱住院。每次住院,付英华都会重复一句话,感觉像是吃了屎。这也是卫学金此刻的心情。

卫学金的直系亲属中肝没出过问题。卫正宇活到八十多岁,是自然死亡,生前保持着吃饭时小酌一杯的习惯。付英华把乙肝传染给了卫学金。受时代和条件限制,当时没有婚检一说。1986年卫华邦出生,这年乙肝疫苗研制出来。1992年中国开始把乙肝疫苗纳入了计划免疫的管理,要求所有新生儿接种乙肝疫苗,而此时卫学金和儿女已经感染了乙肝。

付英华的父亲五十多岁得了肝硬化,躺在床上肚子肝腹水胀得像是待产的孕妇,身体其他部位像是涂了一层黄油的枯枝。付英华的父亲按照万事大吉给四个儿子依次取的名字。大哥付玉万不到四十岁得肝癌死了。付玉万一米八的个头,五大三粗,性格开朗爱和人说笑,生病后整个人脱了相,躺在病床上被子盖在身上只露出脑袋,被子下面像是空的。不过他还是爱笑,指着旁边的水果让付英华吃。

付玉万死的时候,他的人生正在走上坡路。当弟妹的儿女们长大后,他们经常把另一句话挂在嘴边,要是你大伯(大舅)还活着的话,现在起码是教育局的领导了,给你们安排个工作还不轻松。

付玉万死后十几年,到了1998年,四十二岁的卫学金,已经当了六七年的骡夫,路上的拖拉机和货车多了起来,骡车不仅载货量少速度也慢,活路越来越少,他想改行。找工作这事,还是不在人世十多年的大舅哥起了作用。

"文革"中付玉万跑到外地躲难,同村的一个村民被批斗得死去活来,逃走来投奔他。"文革"过后,这人回到家乡成了付家庄的村主任。又过了许多年,这人死了,他的儿子付建设继任村长。念及付玉万收留他爹的旧情,付建设让付玉万的四弟付玉吉进了村委的领导班子。付建设不仅是付家庄的村长,还开办了建设化工厂。付玉吉是电工,也在建设化工厂谋了份电工的闲职。付英华找四哥付玉吉,付玉吉又找付建设。卫学金进了建设化工厂,在车间里负责投料,干十二个小时,休息十二个小时,月薪一千五。往机器里投放白色粉末状的化学原料,机器不休息人也不休息,机器没累的时候,人累了也得忍着。卖掉了骡子,卫学金自己成了骡子。建设化工厂在付家庄的南边,离辛留村七八里地,卫学金七点下夜班,回到家七点多,人又累又乏,白天睡觉不踏实,为了睡个踏实觉,他边吃早饭边喝白酒。

卫学金在化工厂上班的那两年,身上被褥上都有股刺鼻的化学原料味。他在车间里年龄偏大,成了车间班长。干一样的活,多拿一百块钱,就要多尽一百块钱的心。车间里除了他,都是二十出头的小伙子,干活松懈,机器里没料了,也不知道去投料,料投多了还撒一地。只好卫学金去做。一天下来不仅多出了力气,还生了一肚子的闷气。

挂号窗口挤了不少人。轮到卫学金,对方说了几句话,他没听清,弯腰把头伸向窗口。妇女不耐烦,指着窗口的纸条,让他填写姓名和年龄。卫学金拿起笔看着白纸,出现短暂的耳鸣。妇女在窗口里又说了句什么,只看到她不耐烦的神情,以及宽阔的腮帮上有几根可见的胡须。多年化工厂工作的经历,日夜不休的机器轰鸣声让卫学金的听力受损。更多的时候,他根据对方的表情来揣摩意图。看着眼前的妇女,想到这就是生活对待他的态度。

肝病门诊的医生是个中年男子,面对患者的询问,他态度温和,患者的病情以及痛苦丝毫没有影响到他的心情。凳子上的患者是个年轻的姑娘,头垂着哭诉着什么。医生说,先去检查,好吗?旁边的人搀扶起姑娘。前面突然空了,医生问,你怎么了?卫学金说,查体。医生指着面前的凳子,坐下说。卫学金坐下,把病历和诊疗卡放在桌子上,看了眼医生胸前的铭牌。

胡医生端详了下卫学金暗沉的脸,问他哪里不舒服。卫学金说,身上没劲,吃不下饭,肚子还胀,好几天没大便了。胡医生问,还有呢?卫学金捂住右侧肋骨的位置,这地方疼,晚上正睡着觉,能把人疼醒。胡医生问,这个情况多久了?卫学金说,身上没劲和吃不下饭一个多月了。胡医生问,肋部疼了多久了?卫学金说,开始是凄凄凉地疼,这几天疼得特别厉害。胡医生说,你躺下,我给你看看。卫学金坐在窄床上。胡医生说,把衣服掀起来。卫学金抬了下屁股,把秋衣从裤子里拽出来,掀开衣服露出肚皮。胡医生两只手在肚子里摁了几下,像是摁在暖水袋上。他一只手平放在卫学金的肋部,一只手握拳轻叩击手背,边敲边问,疼吗？卫学金倒吸凉气，疼。胡医生在周围叩击，问，这里呢？卫学金说，疼。胡医生说，起来吧。胡医生打肥皂，清洗了下手，对房间里的其他人说，先去外面等下。卫学金张开嘴巴伸出舌头。胡医生说，舌苔很重啊。卫学金说，最近有些上火。胡医生说，只是上火就好了，眼睛看着我。卫学金瞪大眼睛。胡医生说，已经黄疸和腹水了，你这人挺能扛的。卫学金问，是不是要住院？胡医生摊开病历本说，为什么拖到现在才来？卫学金说，一直没空。胡医生问，今年多大？卫学金说，1956年生的，算是五十一。胡医生记下来又问，之前来过这里吗？卫学金说，在这里住过三次院了。胡医生抬起头，说一下之前三次都是什么情况。卫学金说，我今天是来查体。胡医生问，以前的病历和化验单带了吗？卫学金说，好多年了，不知道放哪里了。胡医生说，那我得先了解你的病史。卫学金叹了口气，一时不知从何说起。

1999年夏天，卫学金身体出了问题。普通医院告诉卫学金没多大事，开了几盒保肝药。卫学金吃着保肝药照常上班，过了没半个月他吃不消了。付英华的三哥付玉大在基建公司当会计，平日里应酬多，本身是乙肝又喝酒，早期肝硬化割掉半块脾才保住了命。付英华把卫学金的情况告诉了三哥，三哥让他去市传染病医院。四十三岁的卫学金在肝病二科住了半个月。主治医生姓唐，是科室主任，告诉卫学金转氨酶升高是小问题，半个月能降下来了，不过这病要靠养,以后不能喝酒、不能熬夜、不能过度疲劳。卫学金笑着应承下来也没放在心上,心里想的是,干活哪有不劳累的。除了输液,卫学金还吃六味五灵片,三天后能吃下饭了,身上也有了力气。上午输完液,剩下一天没事。开始的几天,身体虚,吃完睡,睡完吃。卫学金活这么大,这种清闲日子没有过。病房里还住着两个人,一个叫小李,二十出头,和父亲在蔬菜批发市场卖蔬菜。小李人瘦,不爱说话,人中有道唇腭裂缝起来后的疤。一个叫老周,五十多岁,是铁路务工段的工人,宽脸,皮肤黝黑,挺着大肚子。

肝病科在山顶,山下有个人工湖,饭后卫学金和老周结伴去山下围着湖走,湖里有金鱼,扔个石头,鱼就游远了。湖边有凉亭,他俩坐在石凳上抽烟。卫学金抽一块多钱的"时代",老周抽三块钱的"大鸡"。老周家是泰安的,二十五岁分配到这边的铁路务工段,小三十年和老婆分居两地。老周说,人家养老婆,我跑这里养铁轨,老婆晚上还能抱着睡觉,铁轨上跑的火车和我有啥关系。卫学金说,我不想种地,想养铁轨还没机会呢。老周说,你晚上不种庄稼,我半夜起来还得看铁轨,人有死的时候,这铁轨啥时候死。卫学金又说,你正式职工,过几年退休了还发钱,住院还能报销,我有啥。老周胖,热出一身汗,拿出毛巾擦着汗笑起来,照你这么说,还是我好。卫学金说,你比我好多了,别不知足。老周说,你也知足,我五十多了,能不能活到退休还不一定。

卫学金问,你体格这么壮,比我活得长。老周说,虚胖。老周抓住卫学金的手,放在自己的肚皮上,怎么样,感觉到了吗?卫学金手甩了下手里的汗,笑起来,挺软乎的。老周坐下说,肾不好,你看我的眼皮。卫学金仔细端详,老周的眼皮肿得看不出眼睫毛。老周说,老弟我看你那方面挺强的。卫学金羞怯地笑起来,这还能看出来。老周指着卫学金的胸膛,你这一身护胸毛,李逵身上都没你的多。

病房的墙上悬挂着一台电视机,晚上演两集《12.1枪杀大案》,没有字幕,勉强能听明白陕西话。电视剧演完,刚好八点半。熄灯躺在床上,卫学金和老周睡不着,继续说会话,从家长里短聊到工作。老周常年在外,和家里关系疏远,聊得更多的是单位上的事。胶济铁路上,老周负责六公里路段,晚上检修铁路,探灯照着前面,他拿着工具对着铁轨敲敲打打,养成了和自己说话的毛病。老周,你早上吃的啥?我早上吃的油饼喝的稀饭。老周,你中午呢?我中午吃的芹菜,芹菜有点咸,我多喝了两碗小米稀饭。老周,你昨晚上为什么没睡好?白天看报纸,上面有个女的穿得少,我想她来着。老周,你想她有什么用呢?没用也得想。一问一答,脚下的路就变短了,往回走的时候,再问一遍,答案和第一次不一样,人要学会骗自己。说到这里,老周对卫学金说,走,出去抽烟。

他们蹲在台阶上往山下看,远处的市区里有一丝亮光。

卫学金也想说下工作的事,但一时不知道从何说起,也怕说来话长,发现这么多年没给自己理出个头绪来,顿时有些羡慕老周只和铁轨打交道。除了和庄稼打交道,不上学后卫学金开山炸过石头,当过泥瓦匠,和骡子打过多年交道,现在和化学原料混在一起,零散的事情更是数不过来。老周说,讲点难忘的。卫学金问,什么是难忘的?老周说,打个比方,出过人命没有。卫学金想了下,1974年我十八岁,跟着村里的人去西山炸石头,邻村一个男的,比我还小一岁,炸飞的石头在脑袋上开了个洞,躺在地上脑浆往外冒,抱上马车没一会就死了。说完,卫学金叹了口气,我忘了他叫什么了。老周说,还有吗?卫学金又说,1990年没地方干活,同村的我一个伙计让我和他一起去下煤井,我想去,老婆不让,不到半年煤井塌方,死了十几个人,我那伙计少了一条腿,老婆跟人跑了,他学会了修鞋。

老周点上烟,嘬了口,去年还是前年,香港回归那年?卫学金说,那是前年。老周说,10月份,刚入秋没多会,晚上我检查铁轨往回走,对讲机里说火车撞了个人,让我快去看下,事情发生在我负责的路段,我赶紧往回跑,越跑心里越虚,之前听别的路段有撞了人的事,我没碰到过,不知道会碾成什么样,就不敢跑了慢悠悠走,别是我第一个走过去,我还停下抽了根烟,人这东西,你再说结实,也妨碍不了火车跑。卫学金等不及了,你快说。老周干呕了几声,我第一个到的,天黑看不清楚,人碾得黏黏糊糊铺得到处都是,要不是闻见了,谁寻思那曾是个活人呢。卫学金急忙问,男的女的?老周说,认不出来,警察来了我就走了。卫学金又问,那人穿的什么衣服?老周说,你这么关心干什么。卫学金说,我大哥就是那年秋后走丢的。老周愣了会,不可能这么巧。卫学金说,没别的东西吗?老周说,一个拾荒的,能有什么。卫学金不说话。老周说,你哥不会也拾荒吧。卫学金摇头,不可能是他,他没事往铁道上跑啥。老周说,我记得有条红色的裙子,应该是个女的。

卫学金闻不惯医院里消毒水的味道,躺在病床上思绪万千。晚上开着窗户,风吹进来,还有蝉叫。下了几天的雨,又躁热起来,住院带来的三千块花完了。后面的一个星期,上午打完吊瓶,卫学金骑车回家去地里拔草,在家住一晚,第二天早上再来输液。唐主任找他谈话,老卫,你这人不会算账,本来住半个月能出院,你这样瞎折腾,一个月也养不好,多花冤枉钱。卫学金赔笑,我觉得没事了。住够半个月,虽然有几项指标偏高,卫学金也办了出院手续。

医院山下的村子叫马庄,马庄大街上有一排沿街房,开着许多小饭馆,吃饭的多为附近打工的。出院当天,打完吊瓶,卫学金和老周吃散伙饭,点了一个砂锅炖菜、一盘花生米。老周要了一瓶啤酒,两个人分着喝。分别时,两人留联系方式。那时卫学金家里还没安电话,留下家庭住址。后来，他俩再也没见过。

1999年，卫学金四十三岁，本来有机会找到稳定的工作。镇上的宏远集团从小型塑料厂起家，扩建成立炼油厂公开招聘工人。年龄限制在四十五岁，缴纳五险一金，只是刚入厂工资不高。五六年后，卫学金在劳务市场找活路，去宏远炼油厂打了几天零工。为进出方便，厂里发给他一身蓝色工作服和一张出入通行证。卫学金穿着工作服，胸前别着卡，多年来心存的当正式工人的愿望得到了些许补偿。走在厂里，碰到了同村的人，寒暄几句，卫学金看着他们离去的背影，心里有些不是滋味。此时已不是嫉妒，更多的是羡慕。再过几年，他们六十岁后可以领退休金。卫学金不免设想，自己六十岁会是什么样子，大概还会在劳务市场等活路，也可能在某个地方给人看大门。

宏远炼油厂招聘的时候，卫学金刚找到工作不久，虽是小工厂没签劳动合同，但干了不到一个月走了不是那么回事。昌盛化工厂在镇南边，再往山上走是齐鲁石化的厂区。厂址原先是聋哑学校，把一排校舍打通改为车间，教师办公室改为办公区，篮球场成了停车场。卫学金每天骑十几分钟摩托上班，大门上方印着褪色的"聋哑学校"字样。在机器的轰鸣声中，他的听力也越来越不好了。工厂生产聚乙烯塑料颗粒，卫学金是建厂后的第一批员工。老板是本地人，姓朱，四十来岁，个头一米五，全身精瘦，驼背，走路外八字。朱老板的本家兄弟是镇派出所的副所长,厂里有副所长的股份,时常有警车来厂里。工程师姓廖,是三十出头的浙江人,毕业于南方某大学化学系,来山东做了多年的技术员,是朱老板花重金从别的工厂挖来的。廖技术员皮肤白皙,说话有浓重的南方的口音,爱用敬语,夏天穿着长袖的白色衬衣,体面地出现在北方这座常年尘土飞扬、外观破落的厂院内。

朱老板拖欠廖技术员的工资。正值夏天,廖技术员从南方回来,朱老板联系不上,厂房也已搬空。他在卫学金家里暂住了一晚。三伏天,卫学金和廖技术员躺在床上,扇着扇子辗转反侧无法入睡。付英华和女儿在客厅吊扇下面打地铺,女婿王亮在另一间卧室里享用着家里仅有的一台落地扇。卫学金感受到廖技术员身上散发着的热气,起身走到王亮所在的卧室,拔下电源,提着落地扇回屋,插上电源,对准廖技术员。黑暗中,卫学金悄声说,这样好点了吧。客厅里的女儿吼道,你们热,别人就不热了吗?沉默片刻,廖技术员说,老卫,我不热,电扇搬回去吧。卫学金嗯了一声,拔下电源,提着落地扇回到王亮所在的卧室,插上电源。躺回床上,卫学金呼吸急促,想说些什么却无从开口。廖技术员朝卫学金扇着扇子,老卫,早点休息。这是卫学金的一生中为数不多的尴尬时刻,他发现没人理解自己的内心,简陋的居住环境本就让他有些愧疚,想让廖技术员感受到自己的热情和周到,而自己能提供的条件又极其有限。

后面几天,廖技术员住在镇上的旅馆。卫学金骑着摩托车载着他四处奔走。朱老板一直没露面,廖技术员去派出所。半个多小时后,紧绷多日的廖技术员从派出所出来时,整个人是松弛的,两只精干眼睛失去了光彩。卫学金把他送到公交站点,在等车的间隙,不抽烟的廖技术员用握毛笔的姿势拿着烟说,我不应该来山东,好人就应该吃亏吗?卫学金问,你咋了?廖技术员说,以后咱见不到了,抱一下吧。

之前在建设化工厂,厂里的墙上粉刷着一句宣传标语,"工厂是我家,发展靠大家"。到了昌盛化工厂,墙上的标语是,"多看一眼,安全保险"。平日里下车间,卫学金经常打交道的同事是小耿和老官。小耿二十出头,肤白,微胖,有点纨绔子弟的架势;老官三十出头,长脸,眼小,爱抱怨也爱笑。小耿和老官都不是本镇的,家在临镇官庄,因官庄靠近城区,土地被征用,规划建设生活区。小耿和老官住上楼房,从农民变成了城里人。卫学金对官庄不陌生,去传染病医院刚好经过它。三人负责一条生产线,谁有事,其余两人就更累些。卫学金家里事多总是请假,心里过意不去。每逢上夜班,三个人轮流躺在车间的板床上睡觉,小耿和老官先睡,快天明的时候,卫学金补一觉。空闲时间,三个人有时一起吃饭。这时的卫学金不喝白酒,滴酒不沾说不过去,喝点啤酒。小耿没结婚,老官的孩子还小,他俩生活负担轻,请客的次数多一些。卫学金邀请他俩去家里喝过酒,平时没什么客人来,都喝多了。送走他俩,卫学金躺在庭院里呕吐。付英华下班回来,看到卫学金趴在呕吐物里,也没叫醒他,拿棍子狠狠抽了几下。

2002年冬天,卫学金又住院了。当时小耿回家开了个小药房。老官还在昌盛化工厂,他通知小耿,一起买了补品去看望卫学金。不知道卫学金身体不好,以前一起吃饭还总是劝他喝酒。卫学金耳根软,以为身体没大碍,开始只喝啤酒,逐渐也喝白酒,三年间也喝醉过几次。主治医生还是唐主任,他让卫学金一定要戒酒。住了一个月,花了一万多块钱,女儿出了两千块,钱不够,是付英华又出去借的。

出院后,付英华不让卫学金立刻找工作,赚的钱还不够搭进去的。买不起高蛋白的鱼虾,医生说胡萝卜里维生素高,付英华买了一大筐,让卫学金煮着吃。卫学金还把烟戒了(暂时)。四十六岁的卫学金,穿着棉裤棉袄,胡子也不刮,远处看着像个老头。他在集市上买了两只小羊,村西边的铁路两侧的沟里草多。坐在铁轨上,烟瘾上来了,他撕下一块报纸卷上草,点上抽两口。看着伸向远处的铁轨,卫学金会想起老周,还有大哥卫学成。小时候,他俩也结伴给生产队放过羊。卫学成不牵羊,也不给羊割草,跑得无影无踪。卫学金牵不动羊,被羊牵着四处跑,边跑边哭,对眼下的处境一点办法也没有。三十多年过去了,处境没变。他不知道以后怎么办,也没有一技之长,四十多的人,再去学门手艺也不现实。

一个冬天,卫学金胖了十多斤,脸色也红润起来。两只羊没捱到春天,生病死了。付英华让卫学金把羊宰了卖肉。卫学金把羊拉到村北边的小树林里,挖坑埋了。过年,比节省的往年更甚,没办什么像样的年货。付英华的大姐送来几斤猪肉牛肉,她干活的大棚上发了几样蔬菜。走亲戚的礼品怎么也不能省,去村头的超市买了几箱奶,加上还有亲戚送来的礼品,交叉送一下也就把年糊弄过去了。

大年初二走舅家。卫学金的舅舅七十多岁了,身体还可以,独自住在老宅,大门是古典飞檐,窄小的庭院种着一棵石榴树。往年卫学金坐会就回去了,今年他留下来吃的饭。卫学金的几个外甥都能喝酒,回去免不了劝酒,大过年的不太好推辞。这一年过得不顺,他也想找个人说话。卫学金亲自下厨炒了两样菜,喝着茶水把这一年生病住院女儿订了婚事又黄的事,一件件说了出来。舅舅的耳朵不好,听得仔细,一来二去,也听出来个大概,安慰卫学金,过日子有顺的时候,也有不顺的时候,身体不好,就找点轻松的活。卫学金说,不好找。舅舅说,青海的工厂里缺人,你不行去他那里。看着舅舅的脸,卫学金想起了过世的母亲,又说了些其他的。吃饱饭,他又坐了会,临走时舅舅拿出一罐茶叶让他带着。卫学金看了下包装,不便宜,忙说,你留着喝。舅舅说,也没别的送你,快拿着吧。

当你对生活充满了困惑时,愚昧朴实的农民寄希望于玄学的力量给予指点。这和信仰无关。村中有不少人,家里即供奉着观音菩萨又摆放着耶稣受难像,所许之愿也无非是平安和发财,佛学教义和圣经他们没兴趣,只相信自己的低姿态会让神灵网开一面。眼下的生活没什么指望,卫学金迫切想知道以后会怎么样。没出正月,付英华打听到中堡镇有个老头算命特别准。看着卫学金的八字,老头说他寿限五十一。付英华指着老头说,你别胡说八道。老头说,我只管说,你只管听,准不准以后见分晓。付英华不给钱,卫学金夺下来塞给老头。回去的路上,付英华宽慰卫学金,这死老头不会算。卫学金不言语,老头的话他往心里去了,一连几日郁郁寡欢。

过了正月十五,卫学金去了二表弟王青海的工厂上班。工厂在杭柳村的南边,过了胶济铁路紧邻货运站。工厂大门是简单的铁皮门,进去后北边几间新盖的砖瓦平房是王青海夫妇办公和居住的地方。往里走是宽敞的院子,供货车停放和装卸货物。院子南边是厂房,六七米挑梁的钢板结构,两条塑料薄膜生产线,八九个工人在里面干活。往机器里投放塑料颗粒,出来薄膜后卷入辊子,切割后再将一辊子薄膜抬到旁边。一辊子薄膜,重一百多斤,要两个人抬。

和卫学金搭伙的叫小郑,博山人,二十多岁刚嫁到这边,力气不小也不惜力。卫学金和小郑一起往机器里投料再一起抬辊子。表弟知道卫学金身体不好,答应他只白天干晚上不干,不用和人倒班。卫学金半个月和小郑一起干,另外半个月和老邢。老邢是王青海老婆的一个远房表姐,四十多岁,短发染成红色,鼠眼尖下巴手脚慢。比卫学金早来半年,总借口腰疼让他抬辊子。

王青海去外地出差,他老婆把卫学金喊到平房里。二十天里,这个平房卫学金进来过三次。一次是刚进厂,表弟找他说工资待遇。第二次是王青海新买了鱼缸养热带鱼,让卫学金进来参观。三条热带鱼,花了四万块钱。卫学金说,这么贵,买它干什么?王青海说,好看。卫学金把眼贴在鱼缸上,看着里面的鱼,说,是挺好看的,不过也太贵了,四万块钱留着干什么不好!王青海笑着说,这鱼缸更贵。卫学金问,多少钱?王青海说,不到十万。卫学金笑起来,你真是发财了。王青海笑着说,和有钱的比,我不算有钱。热带鱼娇贵,刚开始养掌握不好分寸,没半个月鱼死了,王青海又买了两条。

王青海的老婆姓段,是个圆脸,安逸的生活让她略显发福,皮肤白皙,看起来比实际年龄小不少。王青海平时负责出门联系业务,她负责厂子的大小事务。进门后,小段已经沏好茶。卫学金身上脏,没坐在沙发上,搬着凳子坐在茶具前。小段先问卫学金这阵适应了没有,又说厂子小几个员工人多嘴杂也得照顾其他人的情绪,别人白黑都干,就你只干白班,说出来也不好听,拿着同样的工资怎么和员工交代?说到这里,卫学金心里清楚了,说,我也干夜班吧。

2004年的夏天,卫学金的儿子卫华邦高考结束,成绩不理想,勉强上了一所本省的学校。卫学金一个月两千四,别处的工厂工资快到三千了。厂里的人只有卫学金还种地,农忙的时候请假,王青海没说什么,还让他儿子开着货车帮卫学金运粮食。小段找卫学金谈话,厂里也忙,你这样请假不是办法。卫学金想换个地方多赚些钱。地里收了麦子种上玉米后,多日忙碌,卫学金食欲不振、身上没劲,去传染病医院查出转氨酶升高肝功能不正常,打了半个月的吊瓶。出院时,唐主任拿着化验单告诉卫学金,病毒量太高,不吃抗病毒的药,转氨酶还会升高。抗病毒的药,一年吃下来小一万块钱,要吃上几年,这钱拿出来确实费力。唐主任说,钱重要还是人重要?卫学金嘴上没说只是笑,这条命换不来钱,还是钱更重要。出院后,卫学金从家里提着一袋玉米面,送给王青海,借着身体的问题提了辞职的事。之后的三年多时间里,卫学金做过许多工作,没再吃药和定期去医院复查,直至如今坐在胡医生面前,陈述完疾病史。

胡医生在电脑上输入要检查的项目,这次全面检查下吧。卫学金问,要交多少钱?胡医生说,一共五百二。卫学金说,我身上带的钱不够。胡医生说,可以刷卡。卫学金说,我没有银行卡。胡医生说,乙肝五项这个先不做了,做下彩超、肝硬度测试、肝功能和甲胎蛋白这四项吧。

门诊楼二楼的化验科有人在排队,卫学金靠在窗户边,看着外面,天空灰暗,山下的马庄有些房屋已经拆迁,残砖断瓦中有几棵树。抽完血,他问,结果什么时候出来?小伙说,下午三点。卫学金穿上外套问,彩超在哪里做?小伙说,急诊楼的二楼。

前面有人在排队,椅子上坐满了人。卫学金拿着卡,看着墙两侧贴着的医院器械宣传画,琢磨了下这些玩意怎么会知道自己身体的情况。陆续有人拿着检查单离开,卫学金找了个空位坐下,不一会睡着了。护士戳了下他的胳膊,卫学金睁开眼。护士问,你是卫学金吗?卫学金点下头。护士说,你怎么还睡着了,到你了。卫学金站起来,走了两步,一个趔趄。护士问,怎么了?卫学金说,腿麻了。

检查完,卫学金用纸巾擦肚皮上黏稠的液体。检查单打印出来,医生交给卫学金。卫学金问,我情况怎么样?医生说,都在上面写着。诊断意见这一栏里,写着肝尾叶内实质性占位性病灶(肝 ca)、肝硬化、门静脉高压、腹水。卫学金不愿意相信自己的眼睛,更想从别人的口中得到答案并侥幸地认为或许会有些不同。一个妇女走进来,坐在床上看着卫学金。医生对妇女说,躺下。妇女指着卫学金,他还没走。医生回头说,有不明白的地方去问医生,这里不方便告诉你。卫学金退出来,坐在椅子上看着检查单。旁边一个脸色暗黑的中年男子,把手里的检查单展开给卫学金看,说了句,咱俩情况一样。卫学金看着他,不说话。男的指着卫学金化验单,又指了下自己的,肝 ca,肝癌,还有腹水,我四十五,你五十一。

胡医生看完检查单问卫学金,你自己来的吗?卫学金点头。胡医生说,你得赶紧住院。卫学金又问,是不是肝癌?胡医生说,你先办下住院手续。卫学金问,我是不是肝癌?胡医生说,其他的别想,你要先住院。卫学金说,我问你是不是肝癌。胡医生说,你让家里人过来吧。卫学金说,我自己的事,你管他们干什么。胡医生站起来,往门口走。卫学金起来,拽住胡医生的胳膊。胡医生说,我出去下,一会回来。卫学金攥紧他的胳膊。胡医生坐回去,看着窗外,转头看到卫学金佝偻的身体在颤抖。

胡医生指着检查单,肝右后叶内见一无回声区,其大小 7.6×6.5 cm。随即食指和拇指做出茶杯口的形状,这么大的肿瘤。卫学金问,是肝癌吗?胡医生点了下头。卫学金身子往后仰了下,像以往面对尴尬时露出礼节性的笑容,还有呢?胡医生说,目前就是这样了。卫学金自言道,怎么会这样,它啥时候长的呢?胡医生说,到了这步,就积极治疗。卫学金说,能治好吗?我还能活多久?胡医生说,你这么问，我也没法说，别说你，我连自己都不知道能活多久，说不定下班回去的路上就让车撞死了。卫学金说，我这样还能活多久？胡医生说，这话我不方便说。卫学金从口袋里翻出不到一百块钱，放在桌子上。胡医生急忙拿起钱，塞进卫学金的口袋里，你要尊重我。卫学金掏出烟，递给胡医生。胡医生犹豫了下，接过烟。

胡医生说，老卫，昨天晚上病房里刚走了个人，六十多，半年前查出的肝癌，住了半年，花了三十多万，他单位里有医保，花不着自己什么钱。卫学金没说话只点头。胡医生说，他的肿瘤还没你的大，积极治疗活了半年。卫学金抽着烟，看着胡医生。胡医生站起来，脱掉身上的白大褂放在椅背上，你就把我当成你的一个朋友，咱俩说些交心的话。卫学金说，我该怎么办？胡医生问，你几个孩子？卫学金说，一个闺女一个儿子。胡医生问，他俩多大了？卫学金说，闺女结婚刚生了孩子，儿子还在上大学。胡医生说，你平时做什么工作？卫学金说，四处打点零工。胡医生问，一年能赚多少钱？卫学金说，加上卖粮食的钱，三万多块吧。胡医生说，癌症，尤其是肝癌，别说咱这普通人没办法，就是有钱人肝移植了，也保不齐能活过三年，你今年五十多说大真不算大，和年轻的比这岁数也可以了。卫学金叹了口气，我不想死。

胡医生从桌子里拿出几本杂志，封面上印着字体花哨的"治愈癌症"等字样。卫学金看着杂志,眼神中恢复了短暂的神采。胡医生说,每天都往病房里送,收都来不及,这些人什么钱都赚,缺德到家了。卫学金拿起杂志翻了下。胡医生说,都像上面说的,还要我们干什么!卫学金问,我还剩下多少时间?胡医生说,一个多月吧,任何人最后都要走到这一步,只是有些人早一点,有些人晚一点,趁着你身体状况还可以,有什么想做的事情,还什么需要安排的,尽早做点打算吧。卫学金问,我好多天都没拉屎了,肚子憋得难受。胡医生说,住院可以减轻下你的痛苦,我还是建议你住院,这病进展得很快,到了后期肝性脑病人会陷入昏迷中。卫学金问,住院的话,要花多少钱?胡医生说,要看具体的治疗方案。卫学金问,我大概要先准备多少钱?胡医生说,一两万吧,我今天先给你开些止痛药。卫学金说,我身上的钱不太够。胡医生说,少开一点,下次你来拿检查结果,开个癌症的诊断证明,这样能免费领吗啡,止痛效果会更好一些。卫学金站起来。胡医生抱住卫学金,分开,两只手抓住他的肩膀。

路上,卫学金怀疑医院是不是弄错了,他佯装身体没事,试着感受整个世界。寒风吹在身上,他感到疲惫,整个身体松弛了下来,他想用刀把肚皮划开看清肝脏的样子,他想把内脏都挖出来扔掉让身体恢复轻便,他还想继续活下去,他无法想象眼前的一切都不存在了。疼痛又开始了,卫学金右手握住车把，左手捂着右腹部。疼痛加剧，他停下车蹲在路边捂住肚子。他双膝跪地，头抵住路面用力磕脑袋，想把疼痛转移，顺势滚下坡，躺在坡底，灰蒙的天空像块铺满蒸汽的玻璃。泪水和汗水交织在卫学金的脸上，他从口袋里掏出美施康定，抠下一粒放嘴里生生地吞咽下去，他感受到了前所未有的平静，疼痛逐渐消退，身体往下坠，荒草绵软得像是一块云朵，他似乎把身体交给了别人。他试着去支配身体，却没有任何的气力。

　　一个环卫妇女站在路上，看着躺在沟底的卫学金，你咋了，怎么掉沟里了？妇女放下扫帚，两只手扶着斜坡，下到沟底。卫学金坐下来，我在这躺会。妇女说，你没事躺沟里干什么？卫学金说，沟里还不能躺了。妇女说，没不让你躺，问你怎么了。卫学金说，我就想躺会。妇女扶着坡，往上爬，这么冷的天，冻死你。卫学金用打火机把身旁的荒草点着，风一吹，火迅速蔓延。妇女慌了，你在干啥？火烧到卫学金的身下，灭了，向远处蔓延。妇女滑到沟底，拿着扫帚扑火苗，没几下便扑灭了。卫学金又点了火，火势蔓延得很快。妇女又过来要扑灭，卫学金抓住扫帚。妇女问，你到底想干啥？火烧了一会，自行灭掉了，几块烧过的地方冒着稀疏的烟。卫学金心里有种说不出来的轻松，长久以来压抑在心底的怨气也就此释放了。

　　卫学金想找个人说话，他有些后悔在医院时对那个中年男子的恶劣态度,反观自身的处境,那人无疑是最佳的谈话对象,背景人品之类统统都是次要的,他们同病相怜时日无多,别人正在经受着你正经受的,没有比这更宽慰人心的事情了,你可以尽情表露自己面对死亡时的怯弱,从对方的身上找到更惨的地方,比如对方比卫学金还年轻几岁。在身体健康的人面前,只言片语的安慰没有任何的效用。卫学金的存在只能滋长他们的优越感,他能听到对方在心里感叹,幸好不是我得了癌症,这个人活不了几天。

卫学金有个结拜兄弟叫刘兴乐。卫学金还小的时候,王秀芹领着他去刘兴乐家吃饭,卫学金吃不下几口。回去的路上,王秀芹拉着脸问卫学金,刘兴乐来咱家吃那么多饭,你去他家为啥吃这点。卫学金说,他家做的饭不好吃。王秀芹说,他们故意的,下次让你叔也做得难吃点。刘兴乐盖新房,卫学金和付英华去帮工。卫学金盖新房,刘兴乐没来帮忙。因这事两家人有了芥蒂。刘兴乐的大儿子和卫学金的女儿同岁,十二岁刚上初中查出来脑瘤,没多久死了。后来刘兴乐又生了小儿子,小儿子上初中时,刘兴乐不到五十,得了肺癌。几次化疗下来,刘兴乐的身体垮了。卫学金拎着一箱奶看他。刘兴乐躺在床上,头发掉光,鼻子上插着输氧管,闷着声说,来就来吧,还带东西干什么。卫学金笑着说,这点东西不算啥。刘兴乐说,我要走在你前面了。卫学金耳朵不好使,没听清,往前挪了下板凳。刘兴乐又说，村里咱们一般大的，我先走了。一会，刘兴乐又说自己不应该治疗，花了这么多钱，最后人财两空，儿子这么小，扔下她娘俩。卫学金没说什么，凑过去，攥住了刘兴乐冰凉的手。刘兴乐说，咱村说拆迁也没消息了，也没机会住楼房。他还想说些什么，可是呼吸困难，只盯着卫学金。卫学金把手抽回来说，我有空再来看你。卫学金和付英华说起刘兴乐，人走到这步说什么都晚了。言语间不免掺杂了几丝对自身的庆幸。卫学金没说，他从刘兴乐的眼神中看到空洞以及死亡来临时的无助。付英华说，看一次就行，你多看几次能把他的病看好了吗？卫学金没再去看。如今想起刘兴乐，卫学金有些自责，当时应该多些耐心。

每年村里都有人死，按照关系近远，卫学金总要参加几次，搭建灵堂或者帮着招待亲友。更多的时候他混迹在人群中，抽烟聊天等待账房安排任务。葬礼中，卫学金最喜欢看的一幕是，一帮女性亲属头上包裹着围巾，从远处浩浩荡荡过来，走近时突然号啕大哭，拖着长音喊着，俺的娘（任意亲属称谓）啊，你咋走了啊，扔下俺们怎么办？一路哭着进灵堂。

早些年还没有节俭丧葬的说法，村中几个壮汉抬着棺木缓步走在前面，亲友们穿戴白衣白帽手挂着被白纸缠绕的木棍，迈着踉跄的步伐哭得悲痛欲绝，在彼此的搀扶中才不至于栽倒。村西边靠近铁路的，送葬队伍走到铁路桥洞处；村东边靠近公路的，送葬队伍走到村南头公路桥。灵车早已等候多时，棺木停在车后，亲友们一拥而上趴在棺木上哀号，围观的村民此时多半想起过世的亲人，也跟着红了眼眶，擦拭眼角的泪水。时辰到了，亲友们松手，棺木被抬上灵车，死者的直系亲属（多为上了岁数的女性）仍不罢休，瘫坐在地上双手拍打着大腿，喊天不应叫地不灵的姿态。周围的人上去拽起来，她们便抹了泪收了哭声。

这几年推行节俭丧葬，少了些仪式感，送葬的队伍服装不整齐划一，随着老年妇女们的死去，年轻的村妇们在哭这方面也多少有些放不开手脚，而男的一向又不善于表露情感。因主家不散发香烟，前来帮工的村民们站在一旁交头接耳，多少有些糊弄事。唯一值得称赞的是，村里有些参加过城里亲属殡仪馆的追悼仪式，带回来新的仪式，在按照黄历恪守发丧时辰之前，添加默哀和致悼词的环节。虽说默哀三分钟，不到半分钟就进入下一个程序。悼词也千篇一律，没客观可言。村里一个农妇，生前手脚不干净，经常去邻居家顺些大葱、鸡蛋，她心梗去世时的悼词也是勤劳、正直、善良、与人为善，平凡之中见伟大。亲戚赠送花圈没节俭掉，墙面摆放着一长溜花花绿绿的花圈，上面写着"悼"字，肃穆庄严中春意盎然。想到一会之后，这些花圈就被付之一炬，倒也挺有消散之感。

葬礼结束，回到死者的家中，大锅饭已经做好，主菜一般是白菜豆腐炖肥肉。饭菜总是有限,大家一只手拿着两三个馒头,狼吞虎咽顾不上交谈。有些来晚没座位的,就蹲在墙角和庭院里,吃完饭嘴一抹抬屁股走人。亲属们都聚集在房间里,不说话,不吃饭,沉浸在悲伤的情绪中。先前停放棺木的位置只剩下几块垫脚的砖头,空荡和寂静中,人们愿意相信,死者的灵魂仍盘桓在空中。

想到那些平时看不顺眼的人参加自己的葬礼,一派胜利者的姿态在旁边有说有笑,卫学金就生气。而亲人的痛哭,他又觉得没什么必要。活到五十多岁,不说阅尽人世,生离死别倒也见得多,可真到了自己身上,淡然处之也不太可能。卫学金的内心分裂成了两个人在交谈。

甲:我真要死了吗?

乙:医生说还有一个月。

甲:总觉得要做的事挺多,可这停下来,觉得什么事情都不重要了,你觉得我应该做什么?

乙:你想不起来做什么,是接受不了,还在死亡的恐惧中。

甲:刚才我脑子里过了下这一辈子,都不知道自己忙了些什么,什么也没留下。

乙:你留下了一个家。

甲:我说的是我自己。

乙：是不是觉得活得挺不值的，没为自己活过。

甲：杭柳村的老丁，六十多，右胳膊年轻的时候让卡车压没了。他平常在村里大槐树下和几个老头打扑克，两条腿夹着一个木板，上面绑着几道橡皮筋，把扑克插在上面，一只手打牌。老丁老婆死得早，唯一的儿子开大车跑远途运输，2003年秋天出车祸死了。儿媳拿着赔偿款、带着孙子回了娘家，老丁去王青海的厂子看大门，传达室的采暖炉烟筒低，在墙上拐两道弯，晚上睡觉煤气中毒死了。王青海赔了十五万，你说这钱多也挺多，说少吧也就值王青海买的鱼缸。到了春节，王青海一家去南方旅游过年，我去看了一个星期的门。白天不去晚上去，烟筒我重新整了下，把炉子烧旺很暖和，不像在家里炭花钱要省着烧。这么多年，那一个星期是我过得最清净的日子。王青海留下了几只烧鸡，吃点烧鸡看着电视睡着了。我就想，像老丁这样死了也挺好，临了给孙子留下一笔钱。我还没个孙子呢。

乙：你有儿子啊。

甲：就别提他了，我这样还能等着他。找个安静的地方这么死了也挺好。

乙：不和家里说一声吗？

甲：我都这样了，还不能为自己活一次了。

乙：你心里要不后悔，就去做吧。

甲：那你说怎么才叫不后悔？

乙：你别觉得委屈。村里的那几个懒汉，人不干活，也活得挺好的。

甲：拿我和他们比，活着还讲究个问心无愧呢。

乙：话说到这份上了，咱就坦诚点，这辈子你真就这么问心无愧吗？

甲：谁敢说自己问心无愧。

乙：那你做过什么事？

甲：前两年，付英华绝经后，我看过媳妇（方言：嫖妓）。怕她知道，钱是我借的别人的。这两年，我下面不大行，偷着吃过一阵子六味地黄丸，也没什么用。具体是九几年我忘了，刘兴乐的二弟刘兴国想自己干点事，找我借两千块钱。我没借给他，没几天他拦路抢劫被逮进去了，一关就是十几年。去年出狱，路上碰见说了两句闲话。你说我当初把钱借给他，兴国是不是就改邪归正？别的事我一时也想不起来，埋在心里算了。

乙：你有什么想做一直没做的事吗？

甲：我想要块手机，能听歌的那种，挂在身上大喇叭放着挺带劲的。我喜欢听歌，以前花十几块钱买了盒正版磁带，里面有《军港之夜》什么的。我想有辆车，也不用多好，面包车就行，不过我也不会开车，不知道开车是什么感觉，怎么着也比骑摩托车舒服。还有我想看下别人干那事是什么样子。以前小耿送给我几张香港三级片的VCD，有《金瓶梅》什么的，有些地方磨得放不出来了。我藏在柜子的下面，一个人在家的时候找出来看下。不过这也不算是爱好，你说我能有啥爱好，我也没空有别的爱好，活还干不完爱好什么啊。

乙：你要死了，有对不起你的人你可以报仇。

甲：刘朝高以前当村长的时候，批给别人宅基地不要钱，给我批要了五百块钱。为这事我赌气不交公粮，这个王八蛋让镇上的人来家里把粮食强行拉走了。应该打断他的腿。不过他七十多了，以前虽然不是个东西，现在见了面对我有说有笑的，他家里种着果园，经过的时候还塞给我桃子。还有就是老邢，这个臭娘们背后说我坏话，应该扇肿她的脸把她舌头拔掉。王青海的老婆也不是个东西，听老邢的话冤枉我偷厂里的东西，撕烂她的嘴。还有马宏，他堂哥是宏远集团的老总，让他递句话在厂里找个活干，他扭头不把人放在眼里，怎么说也是我二姐夫，就他这样还有点亲情滋味吗？他不是爱扭头嘛，应该把他头给扇歪了。

乙：消消气。

甲：还有昨天骂我的那个兔崽子，我都想一刀宰了他，凭啥这样对我？

乙：那你就一个个找他们去，该打的打该杀的杀，你反正要死了没啥好怕的。

甲：我也就说下气话，我要是这种人早就杀人了。我这人要是不那么窝囊,真不知道会干出什么事。没钱没能力,就是活该让人瞧不起吗?

乙:我还以为这些年你忍辱负重能看开些,没想到还是老样子。

甲:就这,我还没活够呢。

乙:你这辈子干了这么多营生,哪个是你喜欢干的?

甲:讨口饭的事,哪有什么喜欢不喜欢,我喜欢当领导呢,也没叫我去的。

乙:我知道你羡慕当工人的。

甲:工人稳定,按时上下班,退休了还给钱。我主要是贪这些好处,说实话我没那么想当工人。我看到电视上有护林员,扛着一杆枪,后面跟着条大狼狗,在山上转悠一天,天黑了回屋里吃饭睡觉。见不到什么人,不用说些废话。在停车场收费也挺好,地方大,能见到各种车不说,不管他开什么样的车,都得听你的指挥。除了在家里,我平时和人说话都不敢大声。指挥人停车,你嗓门大点也没事。

乙:你有想见的人吗?

甲:想不出来。

乙:总该会有的吧。

甲:我现在想不出来,你说我应该见见谁。

乙:老婆孩子啊一大家子人,总该都要见一下吧。

甲:这有什么好着急的,到时候他们来看我,难不成我这样了还跑过去见他们。

乙：提前告诉一下，让他们有个思想准备。

甲：这事再说吧。

乙：那你有没有平时不怎么来往，也不会来看你，你又特别想见的朋友。

甲：你说我要死的这事，能和谁说？你混得不好，怕人瞧不起你；比你更惨的人，你去找人家，人家心里也不是滋味。不过就我现在这样，也没比我更惨的了吧。

乙：没有了。

甲：我想找张文达，要说朋友他算一个。年轻的时候，我和他投脾气，能聊到一块。后来他下煤井，少了条腿就生疏了。他修鞋，我去修，他不要我钱，我就不好意思再去了。

乙：你应该去找他。

甲：我认命了，就算是怂又无能。这也是我的人生，我还是要这样活下去。

乙：最后你还有什么话要说吗？

甲：操你娘的，我还没死呢。

回到家，付英华还在睡觉。卫学金换上工作服找出一副脏手套，扛着铁锹出了门。走在胡同里，家族中的人不停地从卫学金的脑袋中冒出来。

卫学金的祖父，军阀混战抓壮丁，逃到山里摔死了。祖母挑着扁担带着三个幼子,一路北上讨饭,来到现在的辛留村。卫正宇排行老三,兄弟三人分别生育了数十个儿女,送人的和夭折的按下不表,各自留下两个儿子、两个女儿。

二伯家的大堂哥卫学顺,结婚的时候,卫学金跟着马车去接亲,回来的路上打瞌睡从马车上掉下来。卫学顺的女儿出生没多久,老宅的西偏房不够住,和弟弟、弟媳共用一个院子,琐事和争吵不断。一次和老婆吵架后,卫学顺再没回来。两天后在村西边一口废弃的水井里发现了浮起来的卫学顺。众人把绳子拴在十来岁的卫学金身上,放到井底,没等把绳子拴在堂哥的身上,尸臭味让他忍不住呕吐起来。很长一段时间,卫学金总是做噩梦,梦中他变成一坨肉,被人挑着往狗的嘴巴里送。后来狗的脸变成卫学顺的,身子却还是狗的。卫学顺死后,老婆改嫁,女儿留给卫学顺的弟弟卫学利抚养。

大伯家的二堂哥卫学明,他老婆身体不好,擅长针线活,总是坐在炕上给一家人缝补。付英华跟她学针线活,妯娌里面,她俩说得着。老婆死的时候,儿子刚会走路,卫学明没再娶,边喝酒边把儿子拉扯大。家里没有女人,乱作一团。盖了砖瓦房,院子里到处都是鸡粪。卫学明左手的中指和食指干活的时候让机器割了去,也没移植。儿子卫立涛二十五岁结的婚,对象是莒县的。孙子四岁的时候,卫立涛跑了。卫学明喝酒把脑子给喝傻了。小涛走后,又过了两年,冬天刚下了一场大雪,卫学明去镇上帮朋友盖房子,喝完酒往家走走没了。第二天一帮人把各条从镇上回村的路找了个遍也没找到,一个大活人像化在雪堆里。

大伯的大儿子卫学光,去年春天他家茅房的粪池满了。邻村老展,五十多岁,是个老光棍,专门铲粪,附近几个村的粪都归他铲。一个粪池五十块钱半天铲完。忙的时候去找老展,他说话大声摆谱,这两天没空,过两天再来请我。闲的时候,老展扛着铁锹,穿着褪色的老式军装走街串巷,逢人便问,除不除粪?别人懒得搭理他,他又说,现在不除,过几天我可就没空了。春天集市上的菜贵,老展去地里挖野菜撒上面粉蒸着吃,食物中毒上吐下泻,房门都走不出。卫学光去找老展。老展让他等半个月。卫学光回去和老婆商量,老婆骂他,你有手有脚的,等他干啥。

老婆去城里大儿子家接送孙女上学,一去半个月。这半个月,卫学光没闲着。前几年上面下来村子拆迁的文件,为了多要土地补偿款,地不种庄稼栽上了桃树。转眼几年过去,拆迁的事没了动静,桃树枝繁叶茂。四亩地的桃树,卫学光拿着剪子扛着梯子剪完枝子归拢起来倒进铁道沟里。一个多星期,桃枝剪完。卫学光站在粪池里,从早上八点到中午十二点,铲完粪后在庭院里歇了会,头栽地上了。卫学光在重症监护室住了一个月,又在普通病房住了两个多月,一直昏迷,挨到秋天死了。一米八的个子,死的时候体重不足八十斤。悼词里写着:"作为一名普通的农村送报员,卫学光三十年如一日,风雨无阻,平凡之中见伟大。"

如今家族里卫学金的同辈只剩下卫学利。哥哥卫学顺死后,嫂子改嫁,卫学利过继了哥哥的女儿,后又生了两个儿子。卫学利不下地不务工,在家里不做饭不干家务,娶的老婆是个罗锅,不论是种地还是打工赚钱都是老婆的事。两个儿子,大的叫成都,小的叫重庆。

这两年,六十多岁的卫学利,走路不稳,连裤子都穿不上。老婆哮喘,干不了重活,在家里伺候卫学利。老婆做饭晚了,卫学利垂着脑袋拿眼剜人,还不做饭?老婆做的饭不好吃,卫学利又骂,咋不吃死你?卫学利没胃口,看到老婆在吃饭,他也骂,就知道自己吃,吃死你。

家族的下一代,卫学光的两个儿子考学出去,定居城里不怎么回村。卫学金的儿子还在上大学,压根指望不上。卫学明的儿子离家出走好几年了,不知道是死是活。只有卫学利的两个儿子,成都和重庆还在村里。

成都的家门口堆着石灰和水泥,他的两个同事一个拿着水管子往里面浇水,另一个拿着铁锹在搅拌。卫学金向两个人点头打了个招呼。庭院里堆着砖块,西偏房底座已经砌出来。成都看到小叔,从口袋里拿出烟递过去。卫学金接过烟点上,有事来晚了。成都笑着说,人手够。卫学金问,重庆呢?成都说,他中班,不好请假,下午过来。正在砌砖的吴传勇说,老卫,你侄子盖屋,你这当叔的怎么才来?卫学金笑着不说话。吴传勇又说,你是赶着来喝酒的吧。卫学金说,干你的活,别把墙砌歪了。吴传勇说,怕我砌歪了你来砌。说着从凳子上下来,把手套和砌刀递给卫学金。卫学金说,你给我递着砖。

成都的老婆小杨两只手拎着菜和肉进门,用东北话说,辛苦大家伙了,没什么好菜,中午凑合吃点。吴传勇不说方言,拽着普通话说,小杨,不做点好吃的给你小叔补补,你小叔累得都起不来了。卫学金坐在台阶上对吴传勇说,干你的活吧。吴传勇说,怎么了老卫,昨晚上嫂子又不让你消停了?她再这样不考虑你的身体,我找她说道说道。卫学金把茶杯摔在地上,堵不住你的嘴了是吧。众人停下了手里的事,看着他俩。吴传勇脸上有些挂不住,小声说道,还往心里去了。说完拿着砌刀继续干活。小杨说,小叔,帮我一起择菜吧。卫学金拿着一块砖头,走到吴传勇的身边。吴传勇站在梯子上,说,你这是干啥?卫学金举起砖头说,接着干。吴传勇说,老卫,你去择菜吧,你手里拿着砖头,我心里没底。小杨搭腔,小叔,我眼神不好,你把鱼给剖了吧。吴传勇说,快去做饭吧,你不饿,我们可都饿了。

小杨比卫学金只小几岁,和前夫生的儿子和卫学金的儿子同岁。前夫爱喝酒,喝完还打人。十多年前,小杨离开辽宁,来山东做买卖,卖过衣服,开过饭馆。开始小杨还按时往家里寄钱,后来听说前夫在老家也有了相好的,就回去把婚离了。儿子本来是判给小杨,但小杨没要,给了前夫一笔钱让他养着。那时候儿子刚上初中,问小杨还回来看他吗?小杨说,有空就回来。十多年过去了,小杨一直没空回去,起先还打电话后来也不打了。

三十多岁时的小杨在成功把一家服装店经营倒闭后,又在城里的美食街开了家东北菜馆,门脸不大,七八张桌子,她做主厨、表妹当服务员。二十多岁的成都正处在人生的迷茫期,他在工厂上过班,和朋友合伙在街头卖过假的貂皮大衣,整天想发财又不知道干什么好。认识小杨之前,成都因盗窃摩托车,刚从看守所里出来。朋友接风的饭馆,正是小杨的东北菜馆,成都喝酒喝得不省人事,朋友没结账就走了。小杨把成都架到后厨的小床上睡觉。睡醒后,小杨也没让成都结账。年龄差距摆在这里,按说家里会不同意,不过卫学利和老婆都是没什么主意的人。结婚后两个人又经营了半年的菜馆。小杨已经是高危产妇,关了菜馆回村生孩子。成都找了份仓库保管员的工作,一个月两千多。然后,儿子出生。

安生日子没过几年,小杨查出来糖尿病。这两年有了各种并发症,从肾炎发展到尿毒症,一周去医院做一次透析。小杨身体浮肿肤色暗黄,不敢喝水,身体乏力也做不了体力活,只能在家洗衣做饭。成都这两年在塑编厂投料,忙的时候工资多一点,大多数时候不忙,平均下来每个月不到三千,刨去药费和生活费,经常还要借钱。三十多岁的成都,抽烟频繁时常喝酒,身体发福,歇班的时候坐在沙发上看电视,家务活从不插手。村子要拆迁的消息有好几年了,每年上面都发文件要拆,一直也没消息。为了拆迁的时候多量面积,村子里能盖屋都盖了,一些人家把庭院也用钢板遮起来,房间里进不去半点阳光。

小杨视力不好,做饭的时候把酱油醋的瓶子贴在眼前才能认清上面的字。幸好手艺没丢。她做了几道东北特色菜,猪肉炖粉条、铁锅炖鱼、东北酱骨头等。辛留村的砖瓦房都是在乡邻帮衬下建起来的,没有人工费只管饭。这些年盖屋的少了,加上都有各自的事忙,再有盖屋的也只有家族和挨得近的邻居来帮忙。

在座的各位看着彼此,倦怠的脸在烟雾缭绕中有些模糊。吴传勇说,成都,你生的时候好没挨过饿,六几年我和你小叔不到十岁,去地里挖吃的,你看现在,有鱼有肉有酒还有啥不知足的?成都说,那你多喝点。吴传勇,我喝多了难受,你让你小叔多喝。卫学金说,你这话说的,我喝了就不难受了?吴传勇从成都手里夺过酒瓶说,老卫,一转眼咱都是五十多岁的人了,一年还能见几次,能坐在一起喝酒的次数都能数过来。卫学金捂住酒杯,我早就不喝酒了。吴传勇说,都没外人,你装什么呢,你喝不喝酒我还不知道吗，把手拿开。卫学金抱着酒杯。吴传勇伸手去夺，老卫，当着你侄子的面，你是不是得陪我喝个酒。卫学金说，咱都这么熟了，什么陪不陪的。吴传勇说，不行，我今天必须要让你陪我喝个酒，不为别的，你刚才骂我娘了，我娘都死了三十多年了。吴传勇说着眼睛红了，你看我单门独户的，是不是瞧不起我？卫学金说，传勇，你这说的什么话。吴传勇说，你还不把我当兄弟。卫学金把酒杯放在桌子上，你给我少倒点。吴传勇笑起来，老卫，这么多年，我把你看得透透的，你要不喝酒，我抱着你哭。卫学金忙说，少倒点，都满出来了。卫学金去舔流出杯口的酒，都是粮食，别糟蹋了。吴传勇说，咱俩干一个。卫学金看着酒杯有些为难，我说几句话吧。吴传勇说，说啥，喝完再说。卫学金笑着，看着众人，仰头干了。卫学金捂住酒杯，不让吴传勇倒，我说句话，大家来帮忙凑一块是好事。众人忙说，这点忙算什么。卫学金说，我这年龄也大了，以后家里有什么事，还得靠大家伙们来帮忙。众人又说，你还想和工人一样退休啊，还不到退休年龄呢。卫学金自己倒上一杯酒，仰头干了，咱不说笑。他看着成都，不在村里的不算，下一辈里面你是大哥，家里的事你得顶起来了。成都说，小叔，这话说早了，这不还有你嘛。卫学金说，说早也不早了，今天这些话你得往心里去。成都点头，小叔，你放心吧，我记住了。

卫学金醒来时，身上盖着一床被子，外面传来砌砖的叮当声。天色暗淡下来,饭桌还没收拾散发着酒气,他在沙发上坐了会,盯着几步远外的垃圾桶,俯下身子吐起来。院子里众人在忙活,墙已经砌得有一人多高。卫学金走出来,大家没注意到他。卫学金用铁锨铲了一堆土,铺到呕吐物上。他站了会,不知道应该做些什么。成都走进来说,小叔,你起来了?卫学金说,睡过头了,还吐了。成都说,没事,过会让小杨收拾。成都递烟,卫学金没接。两个人看着彼此。卫学金说,没帮上忙,尽给你添乱了。成都笑起来,明天盖个差不多,过两天再上梁。

一辆摩托三轮车在卫学金身边来了个急刹车,车兜装着铝合金桌子和招牌之类的,招牌上写着"鲁中正宗豆腐"。驾驶员说,你这去哪了?卫学金不知道这人是谁,应承了句,没上哪。驾驶员把头盔摘下来。卫学金这才认出是刘兴国,忙说,你啥时候卖起豆腐来了。刘兴国笑着说,去外面学了几天,混口饭吃。他从车兜里拿出一块豆腐,卖剩下的,你别嫌弃,尝下我的手艺。卫学金说,这多不好。刘兴国说,过了夜卖不出去,我也是扔了。卫学金提着豆腐,说,兴国,你出来快半年了吧。刘兴国说,五个多月。卫学金说,有个事我一直想问你。刘兴国说,上我家坐坐去吧。

一进门,狗叫起来,刘兴国骂了声,滚。狗怯生生地退到角落里。这房子是刘兴国进监狱前盖的,本来是用来娶媳妇的。十多年过去了,大门也还是木制的,房子的格局没变,只有北屋没有东西偏房。如今他和一条土狗住着,庭院里的简易钢板篷下堆放着生产豆腐的机器。屋里乱得连个落脚的地方都没有。刘兴国把沙发上的衣服扔在地上,让卫学金坐,然后他去茶几的那堆杂物里翻茶叶。卫学金说,不用泡茶。刘兴国不好意思地笑了下,那就喝点水。他从暖瓶里倒出些泛黄的水渣。这几年,地下的自来水污染得没法喝了。刘兴国说,我去烧点水。卫学金拽住刘兴国的胳膊,别忙活,说几句话就走。

过去了十多年,如今坐在卫学金面前的兴国比自己还要消瘦。卫学金说,你进去前问我借过钱。刘兴国说,多少钱?卫学金说,大概两三千吧。刘兴国说,我这手头也没这么多钱,等我有了肯定还你。卫学金摇头说,你没欠我钱,当时你问我借,我没借给你。刘兴国舒了口气,你幸亏没借给我,要不我还欠你钱。卫学金说,也不是钱的事,你问我借钱时说过一句话。刘兴国问,我说啥了?卫学金说,你说你不东偷西摸了,想借钱干点正经小买卖。刘兴国说,我那时候想干啥?卫学金说,我也忘了,然后没过几天你就拦路抢劫逮进去了。刘兴国说,拦路抢劫是真的,不过我没立刻被逮住,我在外面躲了一个多月,没钱吃饭去偷东西被抓了个正着,我也是大意了,一晚上连偷了两家还不知足,第三家住的那人是齐鲁武校教散打的老师。卫学金说,我这些年一直心里过不去,当时应该把钱借给你,也许你就走正道了。刘兴国笑起来,哥,我那时候肯定骗你,二十出头走正道那就不是我了,不瞒你说,豆腐我也卖够了,四十多的人了卖豆腐能有什么出息。卫学金问,那你想干什么?刘兴国说,去抢去偷是不可能的了,到处都是监控,科技害人啊。

回到家,付英华闻到卫学金身上的酒味,骂道,你身体什么样自己没点数吗,喝出毛病来你有钱去治吗?卫学金蜷缩在沙发上说,屋里有点冷。付英华在案板上把地瓜切成块,说,你再喝马尿,我把你头剁下来,你听见没有!卫学金说,听见了。付英华说,不是不让你喝酒,你要是身体好,你爱喝多少喝多少我也不管。卫学金说,人多,不喝不好意思。付英华,你不喝,他们还掰开你的嘴往里面灌啊。卫学金不再说话。付英华把剁好的地瓜倒进锅里,添水,放在炉子上。卫学金坐在沙发上,眼睛放空。付英华说,你怎么了?卫学金看着她,我以后不喝了。付英华坐在他旁边,摸了下他的手,怎么这么凉!卫学金抽开手。付英华问,检查结果怎么样?卫学金说,结果明天才出来。付英华说,你没问下医生?卫学金说,问了,没什么事。付英华说,现在的医生也是糊弄事,结果没出来他怎么知道没事。卫学金瞪着眼说,我能有啥事。付英华说,我就问问,你急什么眼。卫学金说,问啥,不是都和你说了,还问来问去的,你这么想知道,怎么不去医院问?

明天上白班,喝了两碗地瓜玉米粥后,付英华裹着棉袄蜷缩在凳子上看电视。为了省电,客厅没开灯,几天没看剧情连不上,她拿着遥控器换台,找了半天也没合适的,只好又退回去看。八点出头,付英华关掉电视回了卧室。黑暗中,付英华摸索着上床。她没立刻躺下,靠在床头暖被窝。卫学金低声说,怎么还不睡?付英华不说话。卫学金说,快睡吧。付英华轻声抽泣着说,这过的是什么日子。卫学金伸出手,摸付英华的脸。付英华胳膊肘挡开他的手,手这么拉碴,别碰我。卫学金说,要不你再找个吧。付英华,你觉得我还找不着吗?当初跟了你,我是瞎了眼。黑暗中,卫学金转过身叹气。付英华脱掉上衣钻进被窝。起风了,后窗户砰砰作响。屋顶传来响动声。付英华问,你听见了没?卫学金没反应。付英华戳了下他,屋后的树刮着瓦,不会把瓦刮烂了吧。

这天晚上,他俩没再说话,也都没很快睡着。黑暗中他们听着彼此的呼吸,以为对方睡着了。有几次卫学金想把手伸进付英华的被窝里,又怕把她弄醒。付英华七点上班,她要在六点左右起床做饭。家里的面条不多了,她想告诉卫学金,让他明天去镇面条厂买几捆面条。转念一想,明早再说也不迟。实际上,第二天早上付英华睡过头了,没顾上吃早饭就出了门。而卫学金睡得很沉,头朝里对着墙,没听到付英华的起床声。骑着自行车出了村口,付英华才想起面条的事,再见到卫学金时,他已经死了。

肆　命案

| 公历 | 公元 2007 年 12 月 6 日 星期四
| 农历 | 二零零七年 十月(大)廿七
| 干支 | 丁亥年 辛亥月 甲戌日
| 生肖 | 属猪
|24 节气| 大雪(12 月 7 日) 冬至(12 月 22 日)
| 宜 | 解除 余事勿取
| 忌 | 余事勿取

卫学金的家在辛留村的最北排,屋后有个不到十米长围着栅栏的院子。去年后院的七八棵泡桐卖了不到三百块钱,新种上的有小腿那么粗。树隙中间,覆着白色的塑料膜,种着几垄菠菜。靠墙的两棵泡桐是自己冒出来的,去年砍树的人嫌树小不给砍。一年过去了,树长大了不少,枝子扫着屋顶的瓦片。

树不粗，砍起来也有些吃力。西边邻居刘宏来自家后院挖菠菜。刘宏比卫学金小七八岁，年轻时学过木匠，后来在家里切割过一段时间的铝合金门窗。这两年在村里混了个委员。看着刘宏大腹便便的样子，卫学金有些不痛快，一个委员跑腿的角色，还真把自己当领导了，也不寻思是谁选你上去的。卫学金打下主意，下届不选他了，又一琢磨自己活不到一年后的村委换届选举了。刘宏说，昨晚上的风不小。卫学金嗯了一声，拿着斧子继续砍，树上砍出来一张嘴巴，他用手抠木屑。刘宏从两家中间的栅栏迈过来，走到卫学金的身边说，斧子不好使，得用锯。卫学金说，锯条太窄了。刘宏说，锯条肯定不行，用宽锯才行。卫学金说，家里没有宽锯。刘宏说，我家里倒是有宽锯，平时也用不着，不知道放哪里了。卫学金说，家伙什不用，就找不到了。刘宏说，要不我回去找下。卫学金说，不用，多砍几下就行了。刘宏说，要不我回去找下宽锯。卫学金说，忙你的去吧。

砍掉一棵泡桐，卫学金望着雪白的树心喘粗气，手上的裂口渗出血。两棵都砍完，卫学金出了一身的汗，把树杈砍掉，留下光秃的树干，拖拽到墙根下。后院显得空落了许多，同样他的心里也空出了一块。他想再找点事情做，不管什么事。

太阳出来了，院落里升腾起一层稀薄的雾气。几只麻雀落在枝头，很快又飞走了。院子的一角盖着塑料布，下面堆放着前些年盖西偏房剩下的生石灰和半袋水泥。和刘宏后院相连的边界,还有一小堆的砖头。它们会在建造卫学金墓穴的时候派上用场。夜里下的霜逐渐融化,卫学金额头上的汗水也吹干了。

卫学金把树枝砍成段归拢起来,放到南屋的厨房里。灶台边上春节贴的灶王爷已经被烟灰熏得不成样子。北屋大瓮里的水快要见底了。卫学金提着刚烧开的水壶,来到厨房把热水倒在水龙头上。很快一壶水用没了。他回屋提着暖瓶继续烫水管,暖瓶的水没用完,自来水淅淅沥沥滴流出来。卫学金用塑料桶接满水,提到北屋倒进大瓮里,回来七八次把大瓮灌满。鞋子湿了,他把袜子和鞋子夹在火炉旁。刚入冬的时候,付英华给卫学金买了双黑色的旅游鞋。卫学金找出来穿上,鞋底有点硬。

有那么一会,卫学金感觉恢复了些体力,想到日子还会这样不紧不慢地继续下去,还会有数不清的琐事等着他去做,他也可以都做好。他想不出来,这个家没有了他会变成什么样子。他托着腮看着庭院,阳光照射在西偏房的墙上,时间在此刻显得有些漫长,长到可以去做点事。他想起胡医生的话,刚松弛下来的身体又绷紧了。今天是镇上的集市,他从床底下翻出付英华的一双黑色皮鞋,前几年在县城百货商场买的,花了一百多块钱,原本以为质量会好点,结果穿了没几次鞋底就断了。

早年镇上只有一条中心大街。后来,经过镇南边的省道两边建起了商业房。以往每逢集市,一公里多长的大街从西头到北头排满了商贩。现在一半的大街是空的。人们也不需要等集市,平时街上也有固定卖菜和日用品的摊位。镇上也开了几家规模不小的超市,是县城大型商场的连锁店,进出门都有报警器。卫学金还是习惯在小卖部和街上买东西,他觉得鲜亮体面的场合和自己没什么关系。

中心大街的西首是原来的供销社,承包给了个人,门口摆放着采暖炉和烟筒。供销社对面的平房是卖殡葬用品的,简陋的牌子上写着褪色的"寿衣""花圈"字样。张文达的修鞋摊就支在花圈字体的下面,紧挨着的还有一个修钟表的。赶集的人不多,张文达鞋摊边上放着的几辆自行车,是村民怕车子被人偷了,让他帮忙看着。

张文达戴着棉帽,穿着人保的绿色大棉衣,腰上系着乌黑的围裙,蜷缩在机器后面,脸上已经冻得泛红了。他修完一双鞋正在啃馒头,看到有人,把鞋子放下,馒头包起来放在一边,抬头看到是卫学金。卫学金说,还没吃饭啊?张文达说,起得太早也吃不下。张文达把鞋子倒出来,说两只都坏了啊?卫学金说,坏了一只。张文达说,那你怎么还把两只都带过来了。他把鞋底掰开又合上。卫学金问,好修吗?张文达说,修好了也穿不了几次,这鞋质量不怎么样,光有个样子。卫学金说,当时买的时候还说是牛皮的呢。张文达摸了几下,那人净在那里放屁了,这要是牛皮的,我就操他娘了。卫学金笑起来,那别修了。张文达说,我这也闲着没事,拿胶粘起来再缝几道就行了。

张文达把鞋放在机器上,先用刷子清理了下缝隙处,挤进胶水两只手用力摁着。话说回来,要不是张文达的一条腿截肢了,他也不会学修鞋。现在想来,也不完全是件坏事,逼自己学个手艺,赚多赚少的自己说了算。卫学金倒是四肢健全,在工厂干了这么多年,累出了一身病,也没见得比张文达过得多好。村里的几个残疾人都还活得不错。友谊维修铺的老彭小儿麻痹,拄着拐杖修电器,把自己养得白白胖胖的。诚信按摩店的小蒋比卫学金还小几岁,生下来两只眼睛看不见,学了盲人按摩,老婆是云南那边的,虽然个头是矮点,但比老蒋小,生了两个双胞胎。外号"老帽"的流浪汉比卫学金还大十来岁,夏天穿着棉袄敞着怀,冬天也是这身行头,披散的长发都打卷成屎橛子,每逢集市,四处溜达着捡垃圾吃,健步如飞。也不知道他是怎么活的。

张文达拿着锥子在鞋底扎了几个洞,穿针引线缝了几道说,修好了。卫学金问,多少钱?张文达说,什么钱不钱的。卫学金掏出五块钱,你不拿,我以后怎么好意思找你修鞋。张文达推让,不找我修鞋还能找谁。卫学金把钱收起来问,最近看见老帽了吗?张文达说,你问他干什么。卫学金说,你说他怎么这么能活。张文达说,他这种人什么也不想,可不就能活吗。卫学金说,应该向他学习养生。张文达笑着说,学他干啥,这种人活着有什么意思。卫学金叹了口气,能活也是本事啊。

从殡葬店里出来两个人,脸色阴沉,手里拿着花圈和寿衣,急匆匆地坐上电动车走了。卫学金看着他们远去的身影怅然若失。张文达碰了下卫学金,你真没什么事?卫学金回过头,没有,就是好久没和你说话了。张文达说,都忙,你今天怎么有空了?卫学金说,不干了,治理污染,小工厂关了一大批。张文达说,是该治理了,你看咱这里的空气,钱都让这医院和卖花圈的赚了。卫学金说,关了厂子没地方赚钱,饭都快吃不上了。张文达说,都不干活鞋穿不烂,我也没生意了。卫学金说,抽空咱俩坐着喝个酒吧。张文达说,要不今晚上去我家里,咱炖排骨吃。

一个矮胖的妇女走过来,把鞋子摔在摊子上,指着张文达骂,老张,你娘了逼的怎么修的这鞋,穿了三天又烂了。张文达笑起来,你这鞋本来就坏了,怎么能怪我呢。妇女说,我要是鞋不坏的话找你修啥,我找你修为了啥。张文达说,你这鞋质量不行也怪不到我头上吧。妇女叉着腰,别在这里废话了,赔鞋。卫学金听不下去了,说,你这人不讲理啊。妇女看着卫学金,这里有你什么事?卫学金说,你不讲理啊。妇女说,我就是不讲理了,你能怎么着吧。张文达拄着拐杖分开两人,对妇女说,三块修鞋钱我退给你行不行。

妇女说,不行,我穿这鞋还崴了脚呢,买膏药花了七块多钱,我也不问你多要,加上修鞋钱,给我十块。

在镇碑旁边的加油站,卫学金加了二十块钱的汽油。他想起来,鞋子还在张文达那里,不过也丢不了。一辆公交车和一辆拉牛的货车把路给堵住了,卫学金停下车点上烟。路两旁支着肉摊,铁架上挂着成片的肉。羊肉摊上一个男的拿着刀,正在给吊在铁架上的羊剥皮,像是脱羊绒裤一样,不一会皮剥光了,血淋淋的羊身冒出热气。卫学金调转车头决定去盈科。

镇东边工业园区的盈科环保,生产环保装修材料,是本镇的纳税大户。公司给一千多名外地员工提供宿舍,员工在食堂吃饭也有补贴,不过口味单调,他们出来吃的多。公司门口不准摆摊,在北边一条几百米闲置的水泥路逐渐形成了小型市场。卫学金大姐家的二儿子王能进是其中的摊贩之一。

早餐刚过,一个环卫工正在清扫路面上的垃圾,几条野狗在垃圾堆里捡食剩饭。卫学金把车停在路边,蹲在马路牙子上。不时有大货车从路面上开过,卷起尘土。他背过身,看着绿化带里的枯枝败叶发愣。

卫学金有三个外甥,大姐卫青家的两个,二姐卫红家一个。外甥的性格都像各自的母亲,大姐家的两个外甥话多和人亲近。二姐的外甥不爱说话,小的时候一只耳朵得了中耳炎失聪了,爱琢磨电器,中专毕业后在外地做电子生意。

大外甥王能越,四十多了还是个光棍。他没别的毛病,就是话多,而且不着调。他是哑巴的话,孩子也应该上初中了。头些年,还有人给他介绍对象,王能越长得不丑,高鼻梁大眼睛,虽然个头矮一点,也有看上他的人。可是他眼光高。媒人们说他,自己没长出个人样,还想娶个天仙。前几年,王能越身体不行了,有了关节炎走路瘸,介绍的对象大多是离异的。他看不上。这几年,连离异的也没人给他介绍了。互联网兴起,他在网上勾搭网友,也约了几个妇女出来。吃了顿饭别人要走,王能越瘸着腿跟在妇女的后面,别走,再去公园坐会的,要不一起看个电影吧。他去婚介所,四十多的人,没工作,没学历,腿脚也不好,婚介所就把他赶出来了。去年王能越跑到南方打工,过年也没回来。

二外甥王能进,属猴,虚岁四十。十八九岁时的王能进,和朋友天南海北地跑,上到北京下到上海东到青岛西到西安,经常往家里带东西,大到录音机电视机小到茶杯花瓶,对家人说自己在外面做生意,后来被警察逮住,才知道那几年他在流窜作案。王能进提前见了许多世面,名胜古迹山川大海都曾留下他不羁的身影,二十五岁以后他安顿在家没再出去过,也没什么机会旅游。二十岁到二十五岁,王能进在监狱里。监狱在邻市,离家几百里地。五年刑期里，卫学金去看过一次。相比瘦削的外甥，第一次坐火车（也是唯一一次）的经历，更让他印象深刻。在探监室，卫学金问他，里面苦不苦？王能进说，苦。卫学金说，好好改造，家里的事别担心。王能进说，我不担心。卫学金说，也不能一点也不担心，早点改造好了出来。路过镇上给他带了两斤猪头肉，王能进笑起来，脸上多了几道皱纹。探视时间还没到，两人也说不出别的了。

出狱后，王能进对人和气，只是别人向他打听监狱里的事，他反嘴一句，你这么想知道，自己怎么不进去？在盈科环保门口摆摊前，王能进也在周边的工厂打工，频繁换地方，干半年歇几个月。自从有了女儿，小王变成了老王，性情也稳下来，众人眼中的老王是敦实爱笑、炒菜喜欢叼着根烟的厨子，酱油和盐舍得放，用偏重的口味来掩盖拙劣的厨艺。偶尔在夏天光膀子颠勺的时候，他胳膊上用蓝色墨水文着的那条歪歪扭扭的小蛇显出曾经的峥嵘岁月。这几年在盈科门口炒菜，收入让王能进说话有了底气，鱼肉不缺，一家三口满身肥膘。女儿小云才上初中，体重就一百五了。王能进的老婆，走起路来像只成年的河马。今年秋天，王能进肩膀疼得颠不起勺，在医院住了半个月。肌酐高，肾上腺分泌异常，他开始控制饮食，隔一天吃顿肥肉。医生问他抽不抽烟？王能进笑着说，不少抽。医生说，抽多少？王能进说，一天三包，半夜睡醒了不抽三根烟睡不着觉。

往年的冬天,路边搭帐篷避寒效果差,食客在里面吃饭多有抱怨;每天搭拆帐篷也耗时间。今年入冬前,王能进从二手市场买了辆接近报废的旅游大巴,找人把里面的座位拆了,焊接成四人对坐的餐桌,一切收拾妥当又花了数万块钱。早上他把大巴车开过来,晚上收摊后再开回去。王能进没有驾照,开始也担心被查着,后来托人找关系。乡间野地偶尔交警值勤,对他也照顾下。

卫学金冻得正打哆嗦,听到鸣笛声,回头看到大巴车横在路上。王能进从车上下来,喊了声,小舅。大巴车的走道上放着炒菜的器具,发动机盖上面堆着菜和肉,卫学金数了下总共二十八个座位。他俩站在路边抽烟。王能进说,待会拾掇好了,我炒两菜,咱爷俩喝点。卫学金围着大巴车转了一圈,眼神里情不自禁地流露出了羡慕和钦佩,这么大的家伙,不少钱吧?王能进说,报废了的,没几个钱。卫学金用脚踹了几下车胎,气有点软。

王能进点火架锅,把昨天剩下的炸鱼再过一遍油。卫学金站在边上说,你姥爷当时很会做炸货。王能进说,我小时候吃过,到现在还记得。卫学金又说,现在的鱼和油都没有以前好了,做不出味道来了。王能进说,现在哪里还有真的。卫学金说,你这鱼几天了?王能进说,没臭就行,管它几天的,又不是我吃,小舅你放心,待会我给你做的绝对是新鲜的。卫学金说,你这做得不好吃,下次人家就不来吃了。王能进说,别家做得还不如我呢,就这样,他们都还跑过来吃呢。鱼过完油,王能进换上小点的铁锅开始炒肉。王能进说,去车上吧,生炉子暖和下。

浓烟从大巴车顶冒出来。卫学金靠在座位上,透过车窗看着田野中建到一半废弃了的厂房,再远处是还没被征用的农田,点缀其间的绿色是过冬的小麦。卫学金被吵醒了,睁开眼看到王能进在骂小陈。小陈站在灶台边上,穿着棉袄两只手揣在袖口里,嘴唇抿着龅牙。王能进说,你每次不落下点东西,不算一天。小陈说,我以为你拿了呢。王能进说,你以为的事多着呢。他翻找着脚下的菜和肉,鸡呢?就让你拿几只鸡你也忘了! 小陈说,找了半天没找到。王能进踢了两脚装菜的袋子,凶巴巴地看着小陈,你还站这里干啥,滚一边去。卫学金下车说,回去再拿不就行了,两口子不好好过日子,整天吵吵啥,赚了几个钱山东装不下你了还。王能进笑起来,不是这个意思。那你什么意思,卫学金说,走,我和你回去拿鸡。

还没走进庭院,卫学金就闻到了一股腐臭味。打开门,一条黑色的大狼狗挣着铁链朝卫学金叫。狗的前面放着两个大泔水桶,里面漂浮着鱼肉。庭院里乱得站不住脚,几个大盆里泡着结冰的衣服,一堆鱼扔在地上,坏掉的灶台和桌椅堆在南边。王能进从冰柜里找到了几只脱毛的鸡抱怨,这个傻瓜蛋,这么冷的天还往冰柜里放,冻得梆硬怎么剁。

卫学金说,你有空也不收拾下家里。王能进说,整天累得要死,哪还有闲心收拾。卫学金说,不用的东西卖了,也比扔这里强。王能进问,你刚才说有什么事?卫学金不知如何开口,只是在笑。王能进说,用钱的话别不好意思,你外甥手头多少有点。卫学金忙说,不是钱的事。

卫学金坐在客厅的沙发上问,你这影碟机还能用吗?王能进在卧室里说,有一阵子不使了,应该能吧。他把白色的塑料袋放在茶几上。卫学金伏过身子翻找。光碟正面上印着女性的裸体。王能进说,小舅,走的时候记得锁上门。卫学金说,你忙去吧。王能进走到门口,看着卫学金翻找光碟兴奋的样子。卫学金抬起头,你还有事吗?王能进笑起来,人老心不死啊。

电视上调试出画面,片头没出完画面就成了碎块,发出霹雳咔嚓的声音。卫学金摁快进键,碎块中夹杂着模糊的身型。他退出光碟,反面是密密麻麻的划痕。他把划痕不严重的光盘归类起来放进影碟机里,刺耳的霹雳咔嚓声,画面逐渐清晰,顺利播放完片头。一个女的穿着白色的衬衣在厨房里刷碗,镜头下移光着屁股。一个年龄偏大的男的走进厨房,站在女的身后摸她的屁股。女的发出娇喘声。卫学金吞咽了下口水。卫学金忍不住去抚摸自己的下体,一点反应都没有。男的抬起女的一条腿,身体往里送。女的咬着手指头,嘴里说着些日本话,有些不情愿却似乎陶醉其中。卫学金急躁地抚摸着下体,还是没有任何的反应。他站起来松开腰带,对着屏幕,抚摸着自己。他们来到卧室,女的跪在床上,呻吟声充斥着整个房间。女的看着镜头,盯着卫学金。

卫学金又看了几张,有欧美的有日本的,有两个人的有三个人的还有一群人的。他们大多身体健康体型美好,这些鲜活的肉体肆意享受着性。他坐在电视机前,茫然地看着这些夸张和不知疲倦的肉体。他回顾自身,一个癌症晚期失去了性能力的男的,没有未来,而过去也没有丝毫可以炫耀的。他想着自己那可怜的性体验,已经忘记抚摸异性的肉体是什么样的感觉。内心的欲望也在减退,看着那些花样百出交媾的男女,没有了任何的感觉。他站起来,走过去,关掉电视,把光盘取出来,放进塑料袋里。走到庭院,墙角的大狼狗立刻警惕地站起来。狼狗健硕的身体、黑亮的毛发、坚韧的眼神,让卫学金终于意识到自己没活过一条狗。

出了镇,卫学金听到有人喊他。男的穿着一身橘黄色环卫工的衣服,脸上戴着白色口罩,跳下三轮车朝卫学金走过来。一看这人的身高和走路姿势,卫学金认出来是孙龙江。

骡队六个人,孟传武、王国庆、田克明、陈金泉、孙龙江、卫学金。工头孟传武不赶车只揽生意,剩下五个人赶车。

除了卫学金,其余五人都住在镇上。孟传武揽了生意,骑着嘉陵摩托挨门通知他们,说好明天几点在什么地方集合去什么地方。货款孟传武留下自己的,再分给他们。有些货一天拉完当天结账,有些货是给公司拉,一拉十天半个月,结账的时间也没准。货款五个拉车的平分,当初一起干活的时候,他们都和孙龙江不太对付。拉货的时候,孙龙江装得慢,走在队伍的后面。卸完货往回走,孙龙江的骡子留着力气,跑在队伍的前面。

他们多数在方圆十来里地拉货,也跑过几次远门,向西到过周村,向东到过青州,向南到过博山,向北到过桓台。出远门凌晨两三点钟就架上马车赶路,没有路灯,拿着手电筒照在前面,天放光后他们才敢快马加鞭。边问路边赶车,到了地方就快中午了,顾不上吃饭就开始装车。往回走的时候车满着,骡子走得慢,到了卸货的地方天已经黑了。卸完货人困骡乏,回到家已经是半夜。也不是总有活,闲着的时候人要吃饭,骡子要吃草料。卫学金推着小车去地里割草。有时是小活,用不了五辆车,孙龙江人小不喊他,卫学金住得远,孟传武也不喊他。有时十天半月没活,付英华骑着自行车去镇上找老孟。付英华说,老孟,十天半个月见不到活了,你有钱在家里能坐住,老卫在家里都急得吃不下饭。没等老孟回话,付英华又说,跟着你干活,手底下的人饭都吃不上,传出去也不好听,你还不出去找活?老孟眼水少,眨着眼说,没活也不能怪我。付英华说,不怪你,怪谁?我们上有老下有小的,老卫又这么出力,以后有活你得先找我们家老卫。老孟眨着眼说,别着急,过几天就有活了。

1992年的夏天,他们去桓台拉西瓜,去的时候顶着烈日,回来的时候下起暴雨,出张店的桥洞下积满了水,骡子不敢趟水。卫学金拿鞭子抽得骡子发癫,半车西瓜倒水里了。

1993年的元宵节,他们去周村拉瓷砖。装上瓷砖走到马尚镇碰到元宵扮玩的队伍,孙悟空、猪八戒、王母娘娘一众神仙踩着高跷。孙悟空拿着一根竹竿四处乱挥。猪八戒攥着胸前两只硕大的假奶子向人群中挤奶水。王母娘娘左右两旁有人搀扶着,向大家招手要掌声。卫学金正看到兴头上,骡子发癫四处乱窜。晚上回到家,骡子在骡棚里垂着头,明白摔烂了几块瓷砖,又是一顿打。卫学金站在马槽前说,白天的事怪我,光顾着自己看热闹,忘了你怕人。说完往马槽里投麦糠和麸子。骡子站在里面不敢上前。卫学金说,以前只把你当牲畜,没寻思到你也有脾气。骡子走过来,把头伸出马槽里嗅。卫学金回到屋里,出来的时候端着满勺的小麦倒进马槽里。

1994年地里刚种上小麦,暑热还没完全散尽,他们在蔬菜批发市场拉着一车蔬菜去博山。去的时候多是上坡盘山路,累得骡子喘粗气,中间歇了好几次。卸完蔬菜装了半车苹果往回走,下坡路要拉着缰绳。下午三点多出了博山县城,下面的路平坦,也没那么赶时间。在城墙边停下,卸下马鞍喂骡子草料,五个人围坐在一起,吃从家里带的馒头和咸菜。不远处的墙根,一个穿着僧衣、肩上挂着布袋的矮个和尚也在啃馒头。吃完饭,几个人从车里拿着苹果啃,卫学金拿了两个苹果朝僧人走过去。僧人接过苹果,双手合十,低头说了句,谢谢施主。卫学金说,听口音你是南方的。僧人说,江西的。卫学金又问,你来山东干什么?僧人说,云游四方。卫学金问,你这一路都走着吗?僧人说,也坐车。卫学金又问,你还去哪里?僧人说,去淄川。卫学金问,去淄川干什么?僧人说,蒲松龄的故居。卫学金笑起来,那里有什么好看的。僧人二三十岁的样子,也被问得不好意思了,露出一嘴牙没接话。卫学金说,我们经过淄川,捎你一段吧。到了淄川的地界,卫学金给僧人拿上几个苹果。僧人从布袋里掏出一颗系着红绳的佛珠,开过光,能保佑你。卫学金不信佛,装进口袋里。僧人说卫学金也和佛有缘。卫学金笑着说,和佛有没有缘我不知道,我捎了你,一路和你有缘。

1996年入夏前,付英华大姐家盖偏房,卫学金从村北头的砖厂装了一车砖,车还没出厂,骡子跪在地上起不来了。镇上畜牧站的人说,骡子年纪大了,重活干不了了。坐在庭院里抽完一根烟,卫学金站起来,冲着骡子说了句,不管咋说,也是个牲畜,留着没用。卫学金去县城的集市上卖了它,加了五百块钱又买了匹新的。

1996年,树叶泛黄往下掉的时候,王国庆、陈金泉和卫学金去青州云门山送用来篆刻的石板。102省道沿途和胶济铁路并行,拉煤的内燃机车开过去,卫学金看着火车留在半空中的黑烟,陷入了一种悲伤的情绪中。和速度有关,也和人生有关。四十一岁的卫学金,这是他一生中为数不多的想去远方的时刻。路两旁正在掉落着枯叶的高大杨树,以及奋力拉车喘着粗气的骡马,都让卫学金有些不甘心,前面的路也远到看不到尽头。过淄河他们停在桥上,望着没有多少水迹的河面。卫学金把骡马屁股下面的粪兜扯下来,从桥上倒下去。远处传来一片哭声,桥对面送殡的队伍扛着棺材浩浩荡荡过来。他们三个人站在车旁拉紧缰绳以防骡子受惊。刚进青州的地界,王国庆从车上摔下来不省人事。卫学金和陈金泉把王国庆抬到路边,又是掐人中又是往脸上喷水。醒过来后,王国庆两眼发直也不赶车说要回家。陈金泉和卫学金拽着他,这要是走了,一车的石板怎么办?王国庆听后,坐在地上哭,边哭边说,是没办法了。拿着石头往自己的头上敲,血流了一脸。陈金泉从小晕血,坐在车上不敢看。卫学金把王国庆绑在树上,去附近村里找了户人家给孟传武打电话。孟传武带着王国庆的家人来到的时候,天都快黑了。王国庆见了家人,哭得更凶了,边哭边说,怎么办,没办法了。这是王国庆最后一次赶车。后来他躲在家里不见人,两年后的一天晚上趁家人睡觉,在房梁上了吊。后来孟传武赶车把石板送到了云门山。他们在山里的寺庙借住了一晚。夜里躺在床上,说起白天王国庆的事睡不着,走到寺院里,朝佛像拜叩。夜里的凉风吹在卫学金的身上,他隐约中感到了神明的力量,以及无法改变命运的无力感。卫学金在心中许下了心愿,说的都是别人的事。

1997年国企改革,齐鲁石化炼油厂清理仓库。当初为了建炼油厂,原本陡峭的坡面被炸开,再把山脚填平,腾出了几平方公里地方。十来年的时间,厂区栽的法国梧桐树长势并不显著,在偌大的厂区里只留下了一小撮的绿色。国企管理疏松,堆满物资的仓库偷得少了大半,剩下的都是些不易挪动的木材、钢筋、钢板等大型物件。四月份开始,半年多的时间,他们赶车把西厂区的几十个大型仓库的物资陆续转移到了东厂区的几个仓库里,有时他们忙一整天也搬运不了几块钢板。大批国企职工下岗,厂区一整天都见不到几个人。

这半年是卫学金最舒心的工作经历,不像以往三四天拉完货就为后面的发愁。公家的活不用太着急,也不以拉的货量计算工钱,干多干少一样的钱。这个买卖有油水可以捞,每天回到家,卫学金从马车的空心铁管里抽出钢筋,踩着梯子上屋顶,把钢筋藏起来。没过多久,卫学金家里的钢板、枕木、螺丝已经放不下了。去县城的集市,这些物件一次能卖几千块钱。半年变卖了三次。

5月份清理仓库,一块钢板从坡上倾斜滑下来,把田克明的两根腓骨敲得粉碎。田克明扔掉拐杖走路,已经是来年的春天,骡队也解散了。几年后,镇上初中的新址在田克明的家门口,他把房子改造了下取名"克明超市"。四十岁以前的田克明瘦得像鸡架,开了超市以后,他没事爱吃零食,成了快两百斤的大胖子。

玉米长得比人高的时节,傍晚卫学金赶着车从炼油厂回来,天热他喝了许多凉水,到了村头肚子不舒服,把骡子拴在路边跑进玉米地里。出来的时候,在地沟里看到了一个女士的手提包,包里面有化妆盒、口红、一串钥匙、一条黑色的内裤、钱包。钱包里没钱,有高叶梅的身份证(1976年出生)和工作证(上面写的是齐鲁石化二厂)。身份证上的高叶梅是黑白照,有些模糊。工作证上的高叶梅短发,皮肤白皙,大眼睛,嘴唇翘起。卫学金把化妆盒、口红以及工作证留了下来,其余的物件第二天交给了看大门的老李。几天后,高叶梅托老李给了卫学金五十块钱。工作证上的照片以及口红散发出的淡淡胭脂味,凝聚了卫学金对城市、年轻女性、工人这些符号的向往。一个人的时候,卫学金把这两件东西拿出来,闭上眼睛仿佛高叶梅以及她所代表的生活是触手可及的。

1992年到1998年,卫学金当了七年的骡夫。七年里,用了两匹骡子。后来越来越多的道路上有了禁止骡马车通行的标示,没人再找他们拉货。平板车卖了个废铁价,不到三百块钱。骡子按照肉价,卖了两千多块钱。卖骡子的那天早上,卫学金喂足了草料,把它牵到屋后面解开缰绳,让它在地上打滚。往常都是拉了一天货,回来后让骡子在地上打滚放松。骡子站在那里看着卫学金,就是不躺下。卫学金拿着鞭子抽它,抽了几下,骡子躺下只滚了一次,站起来抖毛。到县城的集市有十来里地,卫学金骑着骡子去,一路上慢悠悠的。骡子卖给了收羊的。交接完,卫学金拿着钱往回走,骡子拴在木桩上转圈跑,边跑边嘶吼。卫学金头也没回,十来里地,他走着回去的。

车队解散,孟传武设家宴,除了王国庆,五个人都到齐了。先是白酒,然后是啤酒。他们以兄弟相称,说了一些平时难以启齿、酒醒后又都忘记的肝胆相照的话。孟传武抱住他们,愧疚这几年没让大家伙多赚些钱。这么一说,卫学金对孟传武装修精致的二层小楼,以及里面的家具和电器多少有些释然了。忘记是田克明还是孙龙江,两个人中有人哭了。卫学金心情特别好,总是忍不住地笑。在泡桐花的香味和呕吐物的酸臭味中,他感到天旋地转舒服极了。

这是他们最后一次聚会,以后都是谁家有个婚丧嫁娶的，碰到了打个照面。2003年，孟传武在一次酒后突发心梗死了。孟传武生前染上了赌博，很快败光了积攒下的家底，他的两个女儿高中没念完。原来光鲜的二层小楼已经有些破败了，里面的家具、家电都已搬空。丧事上，包括孟传武的亲属在内，没什么哭声，大家好像都很赶时间，例行公事就把孟传武送走了。这年的冬天，田克明开着面包车去县城的批发街拉货，回来的路上在热电厂的门口，撞上了一辆拉煤的卡车。体重两百多斤的田克明，没等到消防员拿着压力钳把他从驾驶室救出来。快过年的时候，卫学金去镇上赶集，路过克明超市。田克明的老婆坐在柜台后面，卫学金问，老田呢？他老婆说，老田去那边歇着了。听完后，卫学金跟着叹息。

卫学金说，当初一起赶车的，就还剩下你、我、陈金泉了吧。孙龙江说，老泉子去年就死了。孙龙江的女儿和陈金泉的儿子都在盈科上班。听女儿说，陈金泉的儿子盼着他爸爸早点死，拖了三年多还不死，赚的工资都搭进去了。从前赶车的时候，陈金泉记性好心气高，不爱说话，看不上赶车这件营生。他喜欢的是古诗词，觉得自己应该教书育人，边赶车边念诗，春天念崔护的《题都城南庄》"人面不知何处去，桃花依旧笑春风"，夏天念李白的《夏日山中》"脱巾挂石壁，露顶洒松风"，秋天念虞世南的《蝉》"居高声自远，非是藉秋风"，冬天念杜甫的《绝句》"窗含西岭千秋雪，门泊东吴万里船"。只有当儿子考试成绩好的时候,陈金泉能高兴两三天,和大家伙开几句玩笑。

出来了小半天,卫学金往回走,心里不但一点都不畅快,还越来越堵。眼看着要进村了,他改了主意先不回家,得找个人说会话。前面见到的几个人,不论是张文达还是王能进,都和自己有太多共同的熟人,生病这事说出来,不出半天亲戚朋友们都知道了。事情早晚会让人知道,但不是现在。卫学金想到了耿斌。五年来再没见过,只记得当初耿斌说回家开了个小诊所,诊所开在哪里、还在不在都说不好。

顺着102国道往西,经过辛安店再经过湖田镇转道向西,十一点多,卫学金到了官庄。官庄社区前面的公路上是一排沿街房,有几个老头边晒太阳边打牌。卫学金过去打听。一个老头说,在小区南门那边。几年过去了,耿斌的小诊所变成了社区卫生服务站。一个中年妇女怀抱着两岁左右的小女孩坐在椅子上打吊瓶。卫学金问,耿斌是在这里吗?妇女说,出去了,一会回来。三十多平的房间里摆着药柜和桌椅,后面还有一间房子,门上挂着一块白布遮挡着。卫学金坐在门口,看着熙攘的公路。温暖的阳光让卫学金陷入了短暂的昏睡中。

吹进来的寒风让卫学金醒过来,先看到两条腿,往上移,一只手提着白色的塑料袋。卫学金慌忙站起来,脸上堆着笑。耿斌认了会,老卫吧。几年不见,小耿还是那么白,只是胖了不少,稀疏的头发往后梳着,有了中年人的样子。卫学金坐在椅子上,看着小耿熟练地给小孩拔针和用语言安抚。妇女抱着孩子走后,耿斌抽出两张报纸铺在桌子上,把饭菜拿出来,我多买了个菜,没想到是为你买的。卫学金说,我不吃,你吃吧。耿斌说,嫌菜少,我再出去买几个。耿斌拿着馒头,把一次性筷子递给卫学金。卫学金接过筷子,看着耿斌大口吃着馒头和菜,不自觉地吞咽了下口水。卫学金说,我吃不下去。

听完卫学金的讲述,耿斌也没了胃口,把馒头和菜扔到垃圾桶里,泡了两杯茶水。见耿斌不说话,卫学金开口说,没别的,就是想找你说会话,头回碰到这事,不知道该怎么办。耿斌说,听你的意思,不想再治了。卫学金说,早上起来,肚子又大了一圈,娘们怀孕也就这样。耿斌说,总该试试吧,还能就这么不管了?

前年耿斌的父亲查出来胰腺癌,从发现到死一个月多一点。老耿在部队里当过炊事兵,复原后分配到新华制药厂的食堂,五十多岁下岗自谋出路开了个小饭馆,老耿的博山餐馆在官庄边上也承接村里的各种宴席。那时官庄还是村子,拆了原址建成社区是后来的事。老耿只有小耿这一个儿子,他还活着的时候,中午炒好两个菜给儿子送过来。老耿死了后,小耿中午在外面买着吃。老耿活着的时候倔强,说好听点叫坚强。生病后整个人都变了。疾病像是乙炔切割枪,把老耿这块钢板一步步削掉。耿斌看着父亲一点点丢失自尊,哀求着要给他治病。后来医院不愿意接收老耿,耿斌带着他去庙里烧香,又找大仙来家里驱邪。老耿光着身子,挺着有腹水的大肚子,跪在地上给大仙磕头。在最后清醒的日子里,老耿热衷于喝各种偏方熬成的中药,一碗一碗地喝,堵到了嗓子眼,吐完了再继续喝。他死前嘴里挂念的是,药熬好了没?

耿斌说,无论如何都不应该像他父亲那样,在对死亡的恐怖和混沌不自知中走完这一生。作为一个旁观者,任何劝慰的话又是那么轻佻。耿斌问,你现在感觉怎么样?卫学金说,医生给开了止痛药。他从口袋里拿出美施康定。耿斌拆开,一板药没剩下几粒了,这药的副作用挺大的,你少吃点。卫学金笑起来,我现在还担心什么副作用。耿斌走到货架前用塑料袋装了几盒布洛芬,你拿着。卫学金问,多少钱?耿斌拦住,别这么见外。卫学金问,这几年你过得怎么样?耿斌说,就那样,在这里耗着。卫学金看着四周,点头自语,挺好,挺好。耿斌说,老卫,凡事想开点。卫学金问,老官现在做什么,也好多年没见了。耿斌说,他小舅子在滕州开了个化工厂,他跟着去帮忙。中间,有人来拿药。卫学金看了下墙上的表,快两点了。他望着外面,天阴沉着,起风了。耿斌说,老卫,你有什么想说的就说,你不说我也不知道该说什么。卫学金沉思了一阵,张口,我想杀人。卫学金又说,我不杀别人,我想杀了自己。

耿斌拿出两百块钱,两个人在门口推让了起来。卫学金身上没力气,耿斌攥住他的胳膊,硬要塞进他口袋里。塞进去的手刚抽出来,卫学金又把钱掏出来扔给他。卫学金生气了,我来是找你说话的,不是问你要钱的。耿斌说,钱又不多,你买点吃的。卫学金扔在地上。耿斌捡起来的时候,卫学金已经出了门。他追出去还要塞。卫学金气得发抖,争执中身子晃荡着站不稳。耿斌手里拿着两百块钱,看着卫学金骑上摩托车走了。

从耿斌那里出来后,卫学金坚定了寻死的决心,他如释重负,向北骑行,经过几个红绿灯路口,两旁的房屋变成了高耸的山坡,各种拉货的大车多了起来。载着重物的大车缓慢地爬坡,对面过来的大车又呼啸而过。卫学金骑着摩托车,紧靠着路沿石,过了一个山头,路边的一块景观石上写着"四宝山"。堂哥卫学顺死后,他的女儿长大成人嫁到了四宝山这边。当初卫学金作为亲属来的时候,到处都是山包,连条像样的路都没有。停下车,卫学金爬上土坡,远处的平地上是新盖的十几栋楼房。再往北,速生林里栽种的杨树干枯得像是插在地上的木棍。卫学金走进树林,边往里走边回头,看不清路上的样子后,他脱裤子用尽力气终于拉了一坨黝黑的粪便。走出树林,一根石基上面写着,

"先进党员植树基地。时间,2005年3月12日"。太阳快要落山的时候,西边的天空出现了火红的晚霞,万物如同沾染了血迹。

卫学金沿着路往北边走,街边有一排蓝色的钢板简易房,上面挂着劳务市场的牌子。他往里面看了下,没什么人。这段路没安装路灯,大车纷纷亮起远光灯,繁杂的光束让人眼花。卫学金蹲在钢板房的下面,看着路上的大车,思索被碾死的可能。上坡的大车速度太慢,要选择下坡的车,看准轮胎往下面一躺,最好是把头塞到下面,身子碾压容易死不干脆。这些大车都有保险,农村户口一条人命能值三十多万,城市户口的人命要更值钱些。卫学金这条命,不用司机个人掏钱就够赔了。临死,给家里留下笔钱,这是他唯一能做到的。至于这钱怎么用,卫学金盘算了下,按照付英华的性格,她养老的话足够了。这钱要是到了儿子卫华邦的手里,就说不准了。天彻底黑透了,卫学金又冷又饿,仿佛已经活了几百年。

卫学金闻到一股酒味,醒过来看到两个黑影站在面前。卫学金站起来。其中一个问,带钱了没?往卫学金的身上摸,另一个人摁住他的胳膊。卫学金说,干什么呢!两个人拽住卫学金的胳膊,往小树林走。卫学金的几声叫喊迅速被呼啸而过的大车淹没了。

雪花缓慢地落在卫学金的身上,积攒了稀薄的一层,像是夏天刚要发霉的馒头。他想伸手环抱自己,发觉双手被秋衣裤反绑在身后的树上,嘴巴上勒着的秋衣也绑在树上。他试了几次,没能站起来,保持着跪着的姿势。树林外,车灯在闪烁,他喊叫了几声,颤抖的声音消散在周围。雪花不急不忙地落着,掩盖着大地上的一切。他努力提振精神,让自己不要再次昏睡过去。没一会,他感到疲惫,全身在逐渐变得坚硬。失去知觉的同时又有些舒服,车灯在树林外闪烁,他还能听到汽车驶过的沉闷声和夹杂其中急躁的鸣笛声。卫学金终于意识到,他的一生就是逐渐被抛弃的过程,中间他曾想过跟紧这个时代,就像在他最身强力壮的年龄是个骡夫一样,不远处车流不息的公路上已经没有了他的位置。

第三章

卫华邦

壹　回家

上午十点左右,王亮说,家里有急事,快点回来。卫华邦想问具体是什么事,可姐夫的语气急促,说完就挂了电话。父母没有手机,家里座机没人接,一连打了几个,都是如此。卫华邦把简单几件衣物塞进背包,本想带课本,心想也没时间去看。对这突如其来的变动,以及说不清的状况,他感到丧气。学校在曲阜,离淄博四百多里地,长途车四个多小时,今天赶不回来了。他向班长请假,不论怎么样,周一应该能回来。还有一个月左右放寒假,选修课已经停了,下午是两节专业课。这个学期,卫华邦没怎么去听课,笔记如今都是空的,他想等着老师划了考试重点后,再抄同学的笔记。和往年一样,不至于挂科,也不奢望奖学金。

昨夜下过一场小雪,花坛的冬青上残留着雪迹,地上的雪已经化去,有些泥泞。在学校的南门等了一会,公交车来了,还好有座位。田野上斑驳的薄雪,远处看去汇成一片,在阳光下有些晃眼。没吃早饭,又闻着汽油味,到了车站,卫华邦蹲在路边干呕了几下,习惯性地点上烟,在路边的报摊上买了瓶水,还有一块面包。上车时,已经十一点过五十。车窗外房屋树木渐次掠过,卫华邦头抵着玻璃,看到脸的影子挂在暗淡的天空中。驶进高速,上次经过时还是枝繁叶茂的一排杨树,此时已经光秃,树杈在寒风中摇晃。常露发来短信,第一条,吃饭了没?第二条,我想吃学校外面的牛肉板面。家里有事,我回趟家,在长途车上。回完信息,卫华邦看着手里的这块诺基亚1100。

2005年,大一暑假,离开学还有几天。卫华邦多次提到没手机不方便,很多同学都有。他消极怠工,不做饭,不理人。付英华下班回来,去饭屋里添柴烧水。卫华邦端着挂豆角进来。屋里弥漫着热气,付英华坐在小板凳上,灶台的火光映照着她挂满汗水的脸。洗净挂豆角,卫华邦站在一旁择。付英华说,明天让你爸和你去买手机。沉闷了几天的卫华邦笑起来,说,我添火。付英华说,有了别乱花钱。晚上,卫学金回来,不太同意给儿子买手机。他认为自己更应该有块手机,有手机的人越来越多了,连他看不上眼的人也有了。他说,六七百块钱,买它干什么。付英华说,别的孩子都有了,他没有说不过去。

从家到市区二十多分钟的路程。到了美食街,把摩托车寄放在淄博商厦的门口,走进手机卖场时,卫华邦看着卫学金装作胸有成竹的样子,和说"欢迎光临"的女接待员开起了并不可笑的玩笑,他径直往前走,浏览着柜台里陈列着的手机。出门前,他已经识趣地表明买最便宜的手机。他只认识诺基亚和摩托罗拉、索尼等几个外国牌子,对于国产的众多品牌,他不熟悉也更不信任。实惠,耐用。这样就只剩下诺基亚了。售货员拿出诺基亚1100。卫学金看了下价格说,你不买个好点的吗?说完,卫学金对售货员笑起来。卫华邦说,不用,这个就挺好。他知道,卫学金身上就带着七百多块钱。出门前,他从床底下拿钱时,清点了好几次。卫学金还想去别的地方看一下,做个价格对比。诺基亚的市场价都差不多。在卫华邦的坚持下,卫学金从口袋里掏出一个白色塑料袋,里面是钱包式样的某餐厅面巾纸,只是里面装着人民币。

刚入秋,天气还有些闷热,好在有风,头顶是蓝天白云。卫学金说,手机买了,这下满意了吧。卫华邦谈不上多么高兴,有了一块手机也不过如此。他有些失落,期盼已久的东西得到后和设想的有些落差。初中的某年暑假,卫学金带他去镇上买足球。去的路上,卫华邦兴奋得很,无法想象自己会拥有一个足球。当足球和篮球摆在面前时,卫华邦选了篮球,他虽然喜欢踢足球,但是足球容易踢坏,篮球的寿命更长一点,当足球踢也可以。卫华邦还记得,篮球花了十块钱。

距离上次全家来市区已经过去了七八年。美食街上原先卖磁带的摊位,换成了卖手机挂饰的。卫学金又说起他早年赶骡车的经历,指着被两旁摊贩挤占的马路,当时这条路上还能走马车,路上的人也不多,凌晨从家里走,到了这里天刚亮,一直往西就到了周村。卫华邦问,多少年了?十几年了,卫学金说,变化真大。

卫华邦在卖墨镜的摊位选了副眼镜,让卫学金戴。卫学金往后躲,我又不是没有,不要。他的墨镜腿断了,用铁丝固定住。摊主是个中年妇女,儿子给你买,你还不要?卫学金说,他买,也是花我的钱。摊主说,还上学啊?卫学金说,上大学。摊主说,有出息。卫学金笑起来,有没有出息谁知道。卫华邦把墨镜夹到卫学金的脸上,往后退了一步说,这个挺好的,多少钱?摊主说,三块。卫学金拿出三块钱,递给摊主。往前走。卫学金打量着手里的墨镜,你买东西也不打价,她要三块你就给三块,两块钱她也卖。回去的路上,卫学金戴着新买的墨镜。旧的也没扔,放在了家里。

不到两年的时间,手机更新换代,彩屏成了主流,配置上也有了拍照的功能。卫华邦的诺基亚手机除了发信息、打电话和玩贪吃蛇的游戏,摔打过几次,磕掉几块边角,也不影响使用。几个褪色的常用按键,说明他这一年多发短信频繁,包月的一千条不够用,每个月手机费五十多块钱。

从青春期开始,卫华邦就意识到家境的窘迫,即便是在普遍不富裕的农村,也不占什么优势。在外求学后,卫华邦对生活有了诸多的需求。还好在这个不入流的大学,除了个别是城市的,大多也都是农村出来的,落差并没有那么明显。交谈中,卫华邦失落地发现,即便是那些在他看来打扮土气的同学,家境也比自己要好一些。他们勤俭节约,有的平时穿母亲做的黑布鞋,冬天穿母亲做的棉鞋。有的一年四季只有几件衣服可以换洗,攒下钱买电子词典学习英语。卫华邦对他们看不上眼,也多半是由于他们身上所散发的质朴气息。

忘本的嫌疑让卫华邦感到羞愧,及时弥补了和同学间的关系。他从不讨论自己的家庭,关于父母是做什么工作的。认识王娜后,他每个月都要向同学借钱,应付恋爱中的逛街吃饭等开销。县城长大的王娜,父母早就摆脱了务农的繁重劳动,却从不在两个人的交往中花钱。卫华邦宽慰自己,姿色尚可的王娜能和自己交往,允许他抚摸其身体,还有什么可多挑剔的。有次交谈中,卫华邦无意间透露自己在家里干农活。王娜听后,当时神情就不太对了。

常露是英语系的,大一时一起上过公共课。卫华邦给她写过信,没有回音。在图书馆同一张桌子上看书,卫华邦把纸条递给她:一年前,我给你写过信。常露有点奇怪,想法和行为超出了卫华邦的恋爱经验。几个月了,他们还只是停留在牵手。常露总是避免和卫华邦有更进一步的接触。他觉得有些索然后,常露又表现得积极热情。总是这样的拉扯,卫华邦也不免为这段感情的下场有些担忧。要说卫华邦有多喜欢常露,似乎也谈不上,外貌是一方面,精神层面的话,两个人也没那么多的话可以深聊。需要人陪伴,这虽然现实,大概才是最主要的。卫华邦计划在寒假来临之前,在和常露的交往中有所突破,上床有点操之过急,据了解,常露还没有那方面的经验。不知此话真假,卫华邦也说自己贞操尚在。寒假有一个多月,常露是临沂的,和淄博相距不近,也没有见面的机会。这阵子,学业有些紧张。本来晚上,他俩约好了去图书馆温习功课。下课后,他们会照例在操场散步。气温偏低,两个人会短暂地拥抱在一起。常露身型偏瘦,虽穿着羽绒服,拥抱之下,缩在卫华邦的怀中。这是卫华邦枯燥的大学生活中唯一的寄托了。那些掺杂其中并不时冒出来的色情念头,也是人性以及青春肉体的体现,没什么可多遮掩的。现在,计划被打乱了。

中途,卫华邦在颠簸中醒来了一次,窗外是陡峭的岩壁,通过乘客的交谈,得知这是在博山的群山中。眼前一片漆黑,进入到隧道,再出来时,远处是群山,一些红瓦的房屋分布在山间,下面是不算深的山坳,松柏上的雪花在飘扬着。寒风从窗户的缝隙中吹进来,卫华邦伸了下腰,往里侧坐了下。乘客倦怠地随着车身晃动着,手机里没有任何的消息,常露没回音。

车抵达长途站不到四点，走出汽车总站时已经四点。卫华邦在安乐街上买了三块地瓜和四根烤肠，上了20路公交车。市区有点堵车，在三院对面的天主教堂又上来了一批人，车厢的走道挤满了人。窗外阴天，灰蒙。

卫华邦害怕碰见相熟的人问话，应付起来也有些麻烦。除了附近的几个邻居，他总是拿不准对方的称谓，辈分喊高了或者低了都不合适，而不带称谓，又显得不礼貌。传到付英华的耳朵里，她又会训斥他。为了避免遇到熟人，下车走了一段公路，卫华邦从村委——原先的小学前拐弯，横穿一片杨树林。念小学时，穿过家屋后的这片树林（当时还是晒麦场）就到了。上初中，骑十分钟的自行车到镇上。读高中，坐二十多分钟的公交车，再转市内公交到校。如今坐四五个小时的车，才能回趟家。还没出杨树林，卫华邦已看到自家的屋顶和院墙，还是老样子，屋后院子里的树已经光秃。

大门锁着，门里搭钩上也没挂着钥匙。门下自行车还在，摩托车没在。卫华邦站在门口，吃了一根烤肠，烤地瓜快凉了，他放进背包里。去市场上买菜的邻居经过，问，你怎么回来了？卫华邦微笑着说，回来了，没带钥匙。邻居说，要不来家里暖和下。卫华邦说，不用，也快回来了。担心再碰到熟人，他走到屋后，一路上没上厕所，对着墙根撒尿。后院的两棵泡桐树被砍了，树枝堆放在一旁。迈过栅栏,卫华邦看到边缘部位裸露出钢筋的水泥涵管。卫学金当骡夫的那几年,带回来许多东西,除了枕木、钢筋、铁板这些能兑换成钱的,还有诸如水泥涵管之类没什么具体用处的。小学放学后,卫华邦没带钥匙,趴在涵管上做完作业,就和几个发小钻涵管玩。有时天黑了,父母还没回来,他躺在涵管里睡着了。

天色渐暗,看着别人家后窗泄出的灯光,卫华邦不安起来,感觉有什么事已经发生了。以前卫学金当骡夫回家没个准点,有次家里新买了一个茶几,卫学金迟迟没有回来,卫华邦就担心是不是出什么意外,想到父亲没有机会看到家里新添置的茶几。每次都化险为夷,卫华邦认为,如果他把情况想得足够糟糕,现实就是相反的。现实总是出乎意料,你想不出究竟会发生什么。那么往糟糕的地方去想,就是对的。现在卫华邦又往坏处去想了,很可能卫学金又出了车祸。

有年夏天,卫华邦读初中,中午回到家,家里没人,桌子上有两包雪糕。十几支雪糕,他边吃边等父母回来。等来的是,堂哥成都来报信,卫学金和付英华在村口让车撞了。车祸不严重,卫学金蹭破了几块皮,付英华肋骨疼,也没住院。好多年以后,她去医院查体,才知道肋骨断过两根。车祸是私了的,赔了几千块。下午,卫华邦放学回到家,大车司机已经走了,几个亲戚抽烟喝茶,翻来覆去讲述着车祸发生时的经过。付英华捂住肋部,走路不稳,过了两天就照常干活去了,当时她在建筑队打零工。

一辆摩托车在门口停下,昏暗中卫华邦认出是付英华和王亮。付英华头上包裹着淡黄色的围巾,把钥匙递给卫华邦。卫华邦问,你们去哪了?付英华进屋。卫华邦站在庭院,等着王亮停好车,又问了句,到底出什么事了?王亮眼睛看着别处,说,咱爸叫人害了。

卫华邦走进屋,打开灯,空荡荡的,没看到付英华的身影。他又问,到底是怎么一回事?没有人理他。付英华躺在卧室的床上,发出了若有若无的声响,是先前痛哭后的延续。王亮坐在马扎上,搓着手不说话。屋里比外面还要冷一些。

陆续有亲戚赶来。女的在卧室,围着躺在床上的付英华。卫华邦坐在火炉旁生火,点着玉米皮,放进炉子里,升腾起一股浓烟。付英华谈起昨天晚上和今天上午的事情。昨晚回到家,她生炉子烧水做饭。七点多时,卫学金还没回来,她心想,大概又去成都那里帮忙了,自己先吃了饭。新闻联播完事,照例看了天气预报。要看的电视剧还没开始,付英华披上棉袄,去了成都家里,卫学金根本就没来。她心里就有些担心,回来远远看到门口有个黑影,付英华张口骂道,奍你娘,你还知道回来,这都几点了!黑影问了句,老卫还没回来?张文达说起上午在大集上碰到卫学金,说好的晚上去他家吃饭。付英华问,他没事去集上干什么?张文达说,给你修的鞋。付英华礼让去家里坐会。张文达拄着拐说,不坐了,老卫可能去找别人了。

付英华看完电视剧已经九点多,炉火正旺,她烧水泡脚,心里发狠,冻死在外面才算好。骂完,还是担心。前阵子在电视上看新闻,一个男的晚上骑着摩托车被面包车撞了,司机把人扔在道沟里跑了。第二天被人发现,已经死了。付英华说,这个司机心眼太坏了,撞了人不拉着去医院,就这么跑了。她忘了卫学金当时说了什么,大概是没什么好话。到了冬天,人的心情就是那么不好,尤其是五十多岁的年纪,也确实没什么高兴的事。付英华觉得卫学金也被扔在了路边,快要冻死了。

夜里付英华听到门的动静,醒来好几次,以为是卫学金回来了,拉下床头的灯绳,喊了几声也没人搭话。早上醒来,付英华把剩的白菜热了下,喝着热水吃了半块馒头。路上一层薄雪,气温又低了不少,田野间的雾气还没散,天光见亮,付英华觉得昨晚担心有些多余了,只剩下生气,肯定是跑到别人家酒喝多了。

早上不到七点,卫学金的尸体被发现,二十分钟后,四宝山街道派出所的几个民警赶到,封锁现场。八点刚过,刑警大队的人赶到现场,从摩托车上挎包的资料,知道了死者是卫学金。查户籍,本市叫卫学金的共有三人,年龄相仿的只在辛留村有。联系到镇上,镇上又给辛留村村委打电话。九点多,付英华在车间里用刀割着袋子,小组长过来说有人找,她抬头看到站在车间门口的刘宏。一路上,付英华没问出了什么事。到了村委,在刘宏的办公室里,刘宏把事说出来,先去认尸。付英华连说了几句,不可能,不可能。讲到认尸的段落,付英华两只手比划着,身上都是青的,这么冷的天,就盖着一块布。

客厅坐着男的,在不间断地抽烟中,商讨卫学金被杀这件事,以及要怎么处理;沉默寡言的王亮不时地说下他掌握的信息。见过些世面的付英华的四哥说,现在的警察,出了事也不一定尽心,还得托关系。上午已经抓住了一个凶手,一共是两个人,还有一个没抓住,王亮说,有情况,警察那边会及时通知。付英华的二哥问,他没事跑到四宝山干什么?没人接话。王亮顿了会说,具体的也说不清。王能进说了句,杀人偿命,人跑不了的。人都没了,说这些有什么用,付英华的三哥说,他们干啥要杀人?王亮说,警察也没细说,大概是抢钱。三哥问,抢了多少钱?王亮说,几十块钱吧,没多少。王能进骂了句,俺他娘,为了这点钱,就把人杀了。成都想到卫学金昨天对他交代的那些话,心中一阵酸楚。警察给王亮打来电话,说侯军落网了。众人沉默,抽着烟。

人走了,留下一屋子的烟味和满地的烟头。送走人,卫华邦站在庭院里抽烟,寒风呼啸,天空中闪烁着几颗星星。

烟没抽完,身上被冻透了。一天没怎么吃饭,他从背包里拿出烤地瓜和香肠,问付英华吃不吃。付英华没搭话,躺在床上闭着眼。他又问大姨,你吃吗?大姨说,就剩你了,你得争气。卫华邦把地瓜放在炉子上,回了自己屋。

长时间没人住,卧室有股尘土味,地上多了些杂物,纸箱里有苹果和地瓜,桌子上是一摞衣服。卫华邦打开台灯,坐在椅子上看手机。常露发来两条信息:一条是,家里出什么事了?一条是,图书馆停电了,在宿舍待了一晚上。卫华邦回,我爸爸昨天让人杀了。桌子上有块红色的掌心大小的镜子,卫华邦照了下,眼睛有点红。常露不相信他的话。卫华邦回了句,我怎么会拿这种事开玩笑。常露问,具体怎么回事?卫华邦回,我也不清楚,明天去问问。

卫华邦在电视机旁边找到蓝色的布袋,倒在桌子上清点,一板吃得没剩几片的美施康定,彩超和检查报告单,一张第四医院的诊疗卡,墨镜还是卫华邦之前买的那副,一串钥匙,吃了一半用皮筋拴着的方便面。对报告单上肝 ca 的意思拿不准,他发信息问常露。常露回,ca 是 cancer 的简写。卫华邦说,我爸爸的检查单上写着肝 ca。常露问,你爸爸不是被人杀了吗?

卫华邦把灯关了,躺在床上,很久都没睡着,家庭突遭变故是一方面,天冷,没有取暖的设备,很长一段时间都没把身子暖过来。他摸自己冰冷的脚,想着人被冻死会是怎么样的过程。家里有个电热扇,去年大姨家的表哥结婚,拿去用了两天,送回来的时候坏了。即使没坏,卫华邦也不会用它。去年冬天,有天晚上,卫学金房间的电闸噼里啪啦冒火星。知道卫华邦偷摸在用电热扇,卫学金骂道,电热扇耗多少电,心里没个数嘛!

以前夏天,在胡同口乘凉。卫学金过早干体力活锻炼下的肌肉尚在,旁若无人袒露着胸前的护胸毛。卫华邦身材瘦削,胸前和小腹上的毛发也密密一层。路过的乡亲见此情形,感叹说,这可真是你的儿子。卫华邦意识到,在以后的日子里,他会时常想起自己和卫学金类似的地方,生理上的基因,以及性格等内在的方面。初中那几年,卫华邦记得卫学金身上总有股呛人的化工原料味。那段时间,他在建设化工厂上班,夜班回到家,总在埋头睡觉。读高中时,卫华邦一个月在家待两天,对卫学金的印象渐次模糊。这两年卫学金肉眼可见地衰老,卫华邦并没放在心上,对他来说,父母并不需要去多加关照。

今年国庆节,卫华邦没有回来,在图书馆借阅的几本小说看完后,他和宿舍楼里留下的几个人,凑起来没日没夜地打牌。现在他对卫学金的记忆停留在九月初。开学前,卫学金傍晚骑摩托车载着卫华邦去村南头的地里。玉米长得比人高出了一大截,卫学金钻进去掰玉米。他那时候已经很瘦了,穿着蓝色的工作服,脸上和身上暴露在外的地方都晒得黝黑。现在想来,那不是健康的黑色,是暗沉的黑。卫华邦并没多在意,以为是体力活累的。卫学金说,今年的玉米长得大。卫华邦心里想的是,国庆放假回来,又是干农活。那天晚上,卫学金吃了几个玉米,卫华邦没留意,大概没有自己吃得多。

贰 烧纸

早上起床,家里没人,锅里还有些面条,卫华邦吃到一半,付英华从外面回来。她把热水倒进脸盆里,洗了下脸和手,让卫华邦今天去卫学金出事的地方和法医中心烧纸超度一下。东西付英华已经准备好了,平时上坟用的挎包里面有黄纸、香、筷子、酒,以及付英华刚去村口的包子铺买的几个包子。在挎包里,卫华邦还发现了昨天带回来的烤地瓜和烤肠。

王亮给了一个叫胡警官的手机号,说地址可以具体问他。卫华邦给胡警官打电话,说明来意后,在纸上记下地址。具体说不清楚,是在四宝山碑后面的小树林里,紧挨着一个劳务市场,过去就能看到。法医中心在市传染病院的南边,顺着山泉路往南走,路边竖着牌子。

去成都家借摩托车的路上,卫华邦碰到了几个乡邻。他低着头,顺着墙角走过去,没打招呼。有些忘了成都家具体在哪里,还好家门口有些盖屋用的水泥和沙土,门没关,他走进去。成都在庭院里搬砖。卫华邦说,哥,借你的摩托车,出去一趟。成都从屋里拿出车钥匙,今天家里有事走不开,不然我陪你一起。

寒风把秋裤吹透了,人感觉像是没穿衣服。按照胡警官在电话里的指示,鲁中监狱前面的那条十字路口往北行驶。卫华邦冻得没了知觉,在路边停下车,试了几次才勉强抽出烟放进嘴里。去年春节,他和卫学金去二三十里地外的王亮父母家串亲戚,中途两个人下来,站在路边抽烟,脸冻得发青,舌头打结,说出来的话断续得像是磁带被缠住了。这些事卫华邦原本都忘记了。那是卫学金第一次主动让烟给儿子,嘴上说的是,抽根烟暖和下,一会就到了。卫华邦再次想到,此后,这样唤醒和父亲回忆的时刻,还会不停地出现。

劳务市场的钢板房前或蹲或站着一群等开工的人,三两成群蜷缩着身体在闲谈,前面摆放的木板上写着"专业木工、装修""小钻打孔""吊顶、刷墙""电工、水电、砸墙、开槽"。卫华邦摩托车还没停稳,众人把他当成招工的,冲上来围住他,七嘴八舌询问要干什么。卫华邦说,我不招工。几个人丧气地转身走了。卫华邦紧接着说,昨天这里死了个人。其中一人指着不远处的小树林,早上一帮警察带着两个人过去,刚走不久。卫华邦又问,来干什么?那人说,咱不知道。另一个插话,那叫指认现场,新闻里都这么说。卫华邦从车上取下挎包,朝小树林走过去。

地上有些泥泞,卫华邦踩着落叶往里走,不远处几条断了的黄色警戒线还挂在树上。走近后,地上被踩出了一块凌乱的空地,断掉的警戒线中间是一棵树,树的周围是一圈脚印。风呼啸着,光秃的树,不时传来几声不知是什么鸟的叫声。卫华邦开始去接受这个事实。命中注定,或者其他的。事实就是这样,卫学金死在了这里。他从挎包里拿出黄纸和一捆香,三个碗,包子、烤地瓜和烤肠,三个酒盅和一瓶二锅头。摆整齐后,把酒倒进酒盅,抽出几张黄纸,攥成一团,用打火机点上,火势很旺,卫华邦把一捆香点燃,插在地上。卫华邦想说些什么,觉得说出来的话,会有人听到。过了片刻,他说,那两个人被抓住了,你放心吧。他点燃黄纸,从地上捡起一根树枝,翻捣着。风大,黄纸在半空飘扬。烧完后,他把酒倒在地上,包子和地瓜扔在地上,其余东西收进挎包。

卫华邦走出树林,有人问,死的是你什么人?卫华邦说,那是我爸。那人问,你爸多大了?卫华邦想了下,刚过五十。人群中发出啧啧惋惜声,年龄还不大。有人问,你是哪的人?卫华邦说,岭子镇,辛留村。那人问,你姓啥?卫华邦说,卫。他们交头接耳说,那里姓卫的不少。有人说,刚才警察来的时候,里面有李道广。另一个说,还有个不是咱这里的。另外一个人说,昨天老昌出殡,我看到那个人了。大家七嘴八舌说着,把卫华邦晾在一边。卫华邦跨上摩托车。有人说,小伙子,先别走,你爸谁杀的,你不想弄清楚吗?卫华邦熄火,问,谁杀的?从后面挤出一个老头,你爸叫什么?卫华邦说,卫学金。老头问,你爸是不是赶车的?卫华邦说,赶过。老头说,死的是老卫啊。众人看着他。老头说,我认识你爸,你是不是有个姐,嫁到了这边。卫华邦说,堂姐。

卫华邦上小学的时候,也是冬天,天还没亮,上婚车没多久他就睡着了。醒来后天已经亮了,新郎家的门前是座小山。这是卫华邦第一次坐小汽车,记忆犹新。老头姓李,和李道广是本家。堂姐嫁给的那户人家姓冯,冯、李两家祖辈上沾亲带故。老李以前贩菜,经常去岭子镇赶集,和卫学金打过几次照面。婚礼老李去了,李道广也去了。推算下来,当时李道广二十出头,正是混吃混喝的年纪。

有人插话,这么说,李道广和他爸应该见过。老李说,不仅见过,说不定还坐在一个酒桌上喝过酒呢。有人问卫华邦,你多大了?卫华邦说,二十。那人说,小伙子,老的没了,以后的日子不好过。你现在上班了没?卫华邦说,还在上学。人群中有人插话,大学生现在也不值钱,没个屌用。

血债血偿,穿军大衣的人说,李道广有儿子有父母,起码弄死一个。老李说,弄死了,你还活不活?都不活了,军大衣说,一起陪葬,要不这样,你雇我,我帮你杀一个。旁边有人说,你这天花板吊顶的,还想当杀手呢。军大衣说,我把他当天花板,吊起来。卫华邦盯着军大衣。怎么样,军大衣说,不弄死,断手断脚也行,看你能出多少钱。我给你钱,卫华邦说,你先把自己的嘴给缝上,你娘了个逼的。军大衣从人群中冲出来。卫华邦也往前冲。打了没几下,被众人分开。人家刚死了爸,有人说,拿人家打岔干什么呢。他活该,军大衣说,死得还少。卫学金又往前冲。军大衣笑起来,有本事去杀了李道广。

老李推着卫华邦向外走,来到路边。他说,别和他一般见识。卫华邦喘着粗气,看着人群。你爸是个好人,老李说,我贩菜的时候,给你爸菜,他不要,硬塞给他,他扔下钱就跑。老李把卫华邦往摩托车上推,快走吧。

刚进大学时卫华邦不喝酒,就算同学劝,也点到为止。其他人去网吧通宵熬夜,他也是少数留在宿舍里的。时间一长,他感到自己脱离了群体。试着融入群体,是他的托词,并不是事情的全貌。实际上,大学生活的无趣,没有及时交到女朋友,空闲的时间总要找点事情去做。学业当然是首先被忽略,而坐在路边去观赏女生,也越来越乏味。喝酒买醉和通宵上网,就成了仅有的选择。今年春天,开学不久,王娜向卫华邦提出分手。生活中突然失去了一个人,不免有些灰心丧气,回归集体生活,这些单身汉也欣然接受了卫华邦,他们一如既往地喝酒然后通宵。不到半个月,卫华邦感觉浑身乏力,从宿舍走路去教室的力气都没有了。他感觉饿,有点油腥的东西又吃不下,在路边摊吃几口素面,回到宿舍就吐出来。身体逐渐消瘦,当连续半夜呕吐几次后,卫华邦坐车回了家。

当天住院打完吊瓶,第二天早上卫华邦吃了两个包子,身体也恢复了气力。没有谁比自己更了解自己的身体,路上,卫华邦想到这些,那么卫学金也早就意识到自己的身体出了问题。当时住院,卫华邦建议卫学金检查一下。卫学金一口回绝了。如果当时检查的话,还是早期,或许还有救。都是因为钱。经过一个多星期的治疗,感觉已无大碍,医生建议卫华邦多住几天,虽然花钱,对身体没坏处,另一方面入学办理的医疗保险,也要求住够一个月。卫华邦已经精力旺盛到上午输液完毕,他和同屋的两个病友去附近的网吧上网,然后顺着医院东边的铁轨散步。刚住院时,医院四周的山上还是光秃的,如今树木已经长出树叶,到处生机盎然。

卫华邦和两个病友从网吧出来,走到医院山脚下的马庄。刚在饭馆坐定,王娜打来电话。饭馆外面,几个学生在打台球,球不时入袋的声音中,王娜语气平静地把事情说完。把孩子流掉不仅是王娜的想法,也暗合卫华邦心思。卫华邦说等他出院了陪王娜去医院。她等不了这么长时间,已经和医生约好下个星期。王娜说,药费需要几千块,具体的还不知道。卫华邦说,我过几天打给你。到底几天?王娜说,已经开始显怀了。卫华邦说,就这几天。他还想说些安慰的话,或者就肚子里的胎儿说些什么。王娜匆匆挂了电话。当天晚上,卫华邦给家里打电话。第二天早上,卫学金瘸着腿又送来一笔医药费。他又打电话向同学借了一点,凑足了不到三千块,给王娜汇了过去。卫华邦一直没和家人说,两个月前保险公司已经报销了医药费,比预想的要少一点,他们有自己的一套计算逻辑,一万多的医药费,说是报销百分之六十,其实给到手的只有不到五千。用这钱,卫华邦还清了欠债,然后又置办了几件衣服。当然,还包括这阵子和常露约会的一些花销。

出院后,卫华邦回到学校,没见到王娜。王娜不肯和他见面。半年多过去了,卫华邦没想过那个流掉的胎儿,这只是他一次恋爱失败的象征,而他确实不是那种喜欢回忆伤心往事的人。如今,他想起了这个胎儿。在卫学金和胎儿中间,有卫华邦作为纽带,以血缘联系在一起。半年前,卫华邦没对王娜过多进行关心,只想逃避眼下的一切。如今,他想和王娜郑重地谈一下,关于自己眼下的处境,以及那个失去的胎儿。他担心王娜对此并无兴致,或者重提这件事,揭开伤疤,有些自私了。可能眼下并不是恰当的时机,或者最佳的时机,他早已错过。

化验单上几个主要的指标都几倍十几倍超过了正常

值,多年生病积攒下的基本常识,让卫华邦意识到,没有任何的意外,卫学金确实已经是癌症晚期。坐诊的医生是个中年男人,头发稀疏,胳膊上是碎花套袖,说话时总是快速眨几下眼。卫华邦把彩超以及化验单递给大夫。他看了下后问,你爸来了没有?卫华邦摇摇头。赶紧住院,大夫说,这个情况很不好。卫华邦问,他这样的话,还能活多久?说不准,大夫眨了几下眼,随时都有危险。卫华邦说,能具体说下他的病情吗?大夫举起彩超,指给他看,这里,肿瘤,已经很大了。放下彩超,他拿着化验单,你看,谷草转氨酶、谷丙转氨酶这些指标,都高出多少了,还有腹水,到了后期病情发展得很快,一天一个情况,必须马上住院。能治好吗?卫华邦问,他这个情况。大夫说,提高生存质量。卫华邦说,他已经死了。大夫说,死了?卫华邦点头。大夫眨了几下眼睛,死了,你还来看什么病。大夫看着身后排队的人,下一位。卫华邦说,我就想知道,他要是没死的话,能活多久。后面的人说,人都死了,你来看什么病,这不是耽误活人的时间嘛。卫华邦看着大夫,我就想知道,他要没死,能活多久。他已经死了,大夫无奈地说,那就是活到死的那时候。卫华邦说,被人杀的。大夫说,那你去报警,找我干什么。卫华邦说,你就当他还没死,就站在你面前,他能活多久。这有什么意义吗?大夫看着后面的人,你们说,这还有什么意义?卫华邦说,我就是想知道。后面的人说,大夫,你就快告诉他得了,大家都等着呢。头一次碰到你这种人,大夫说,就这种病情,住院治疗理想的话,一个多月,待在家里的话,就说不准了,腹水破了,腹腔积液引发细菌性感染,你父亲这个情况,就算腹水不破,肿瘤这么大,很快就会肝性脑病,人昏迷,颅内高压,脑水肿,发展得很快。卫华邦问,究竟多少天,具体点?这怎么具体,大夫瞪着眼,每个人不一样。后面的人说,你就赶紧说个具体的数得了。半个月,大夫说,不超过二十天,这样可以了吧。

门卫拦下卫华邦。在登记表写下身份证号和手机号后,卫华邦问,事由怎么写?门卫抱着茶杯,喝了口,你照实写。看尸体,还是探亲,他有些拿不准,最后写下,认尸。门卫看了下登记表,指着办公楼说,二楼,牌子上写着。停下摩托车,卫华邦拿着挎包,走向办公楼。二楼办公室的房门都关着,卫华邦来回走了一遭,拿不准敲哪个门,有个穿着白大褂的中年女人从厕所出来,问,你找谁?卫华邦说,认尸。女的问,什么时候运过来的?昨天,他说,是个男的。是烧死的还是冻死的?卫华邦说,冻死的。女的往自己身后一指,前面右边第二个门。

敲了两下门,里面传来,请进。推开门,一个穿着白大褂的年轻男人坐在电脑前。他问,你找谁?卫华邦说,认尸。他问,叫什么名字?卫华邦。他拿着表格对照,没有这个名字。卫华邦忙说,这是我的名字,死了的叫卫学金。他又看了下表格,昨天已经认尸了。那是我母亲,卫华邦说,今天我来给我爸烧纸。他说,院子里有个铁桶,你去那里烧就可以了。卫华邦说,我还没见他最后一面。他说,昨晚给你爸尸检,还没缝合。卫华邦问,怎么没和我们说。刑事案件,尸检不需要告诉家属,他说,破案需要,你等我会,写完手头这个报告,很快的。卫华邦坐在沙发上等着。今早上有起灭门案,死了五个,他说,他们都去现场了,这几天有得忙了。卫华邦问,平时也这么忙吗?

交谈得知,小林是应届毕业生,考入法医中心后,去省城进修了两个多月,上个月刚回来。刚来不到一个月。小林说,这阵子是没闲着,春节前会更忙,案件多。卫华邦点头。上个月的碎尸案破了,小林说,我这写结论。什么碎尸案?卫华邦问。夫妻两个离完婚,收拾东西的时候吵架,男的把女的杀了,分尸扔得到处都是,小林说,这么大的事,你居然没听说。卫华邦说,我在外地上学,最近没回来。怪不得,小林边打字边说,一条大腿,半截胸和臀部没找到,扔垃圾堆里估计是让野狗吃了。见卫华邦没再搭话,小林又说,你爸死得不痛苦。卫华邦回,是吗?小林问,你爸是不是身体不太好?

把卫学金医院的检查报告复印后,小林领着卫华邦经过窄门,走出办公楼,来到后院的一排平房。刷门禁卡,小林礼让卫华邦先进去。有点冷,小林说,夏天会舒服得多。

卫华邦跟在后面，走进停尸房。打开灯，戴上胶皮手套，小林比对了下登记表，来到类似超市储物柜的前面，像拉抽屉一样，拽出一张床，躺着的卫学金被包裹在里面，拉开拉链，刚好露出头。不要往下拉，小林嘱咐道，他也不想让你看到的。卫华邦歪着头，看到卫学金脸上的胡子，以及有些乱糟的头发，他伸出手想整理一下。小林说，别碰。卫华邦抬头看了下小林，回应道，有点变样，瘦了。

摆好贡品，点上香。小林说，你爸的情况有点特殊。小林指着自己的肚子，很可能是腹水从肚脐外泄，腹腔内的压力突然降低，出现虹吸现象，腹腔内出血，回心血量不足导致的死亡。卫华邦不明白这些医学上的知识。如果是这样的话，他很快就昏厥了，没遭太多罪。卫华邦脸上浮现出疑惑的表情，这种表情以前也时常出现在卫学金的脸上，虽然看不到自己的表情，他知道此刻自己脸上的表情，就是这种。最终事实是否这样，要进一步尸检，小林说，如果成立的话，死因就不能登记为谋杀。不是谋杀是什么，卫华邦说，他要是不被绑在树上，能死吗？我不应该和你说这些，小林说，情况确实有点特殊。卫华邦把黄纸扔进铁桶里，点火，风吹过来，灰烬纷扬着飘得到处都是。

去派出所的路上，卫华邦接到班长的电话，星期一上午普通话资格考试拍照报名，明天如果不来，要自己去市区报名。在昌国路立交桥的下面，卫华邦停下车抽烟想该怎么办。案件已经这样,去派出所也没什么用,具体怎么判,也不是他能做主的。他能做的就是接受眼前的这一切,不论是家里面,还是学校这边。卫华邦就这样劝慰了下自己,发现也没什么可以去抱怨,跨上摩托车回家了。

几个妇女陪付英华说话,点头示意后卫华邦开始收拾东西。妇女们站起来,说快中午了,要回去做饭。付英华起身去送客。妇女们推脱,不用送,嘱咐付英华要想开点,活人还得活着。桌子上放着一沓钱,付英华说是卫学军送来的,你爸半年多的工资。知道儿子没去派出所后,付英华有点不高兴,让你去干什么的了。卫华邦把检查单和彩超拿给付英华看。付英华扫了几眼,埋下头。卫华邦想说点什么,他的视线也模糊了,摘下眼镜,擦了下泪。

王亮从镇上买的牛肉包子。卫华邦吃了几个,和王亮站在庭院里说了下上午的情况,关于卫学金的病以及法医的那些话。说完后,王亮说,只能先这样了。卫华邦问,你身上还有钱吗?王亮从钱包里掏出两百块钱。下次还你,卫华邦说。王亮说,昨天的那个是在车站旁边,安乐街的一个小旅馆抓住的。卫华邦问,旅馆叫什么?王亮说,这我不知道,人家没告诉,第二个是在东营抓住的。下午还有事,王亮先走了。卫华邦临走的时候,付英华问他钱还够不够花?够了,卫华邦说。

六点多到校,卫华邦没回宿舍,来到校门外的小饭馆。

天已经黑了,他看着外面,过了会常露进来,在对面坐下,从包里拿出一双棕色的棉手套。她说,给你买的。卫华邦戴在手上,一张一合,像鸭子的嘴巴。吃完饭,他们顺着商品街一直往西,走到四处无人的地方,在路灯下拥抱。常露下午洗的头发,卫华邦把脸埋在头发里。这天晚上,他们没回宿舍,学校外面这家刚开张的旅馆,没有暖气,空调的热风不太管用。卫华邦又去要了一床被子,蜷缩着拥抱在一起。黑暗中,卫华邦在常露的怀里大概说了下家里的事,断续着,忽略了家境,只谈了下案件本身,以及父亲的病,看尸体的环节他没说,许多话挤压在胸中,还没来得及说,也许并不适合说出来,他就哭了起来,先是抽泣,然后是号啕,泪水抹在常露的秋衣上。不知道过了多久,卫华邦哭声减弱,他从常露的怀中挣脱出来,转过身,常露从背后抱着他。

　　夜里,卫华邦冻醒了。听着黑夜里常露均匀的呼吸声,他想起以前的事情,小学时的下雨天父亲背着他去学校,他躲在雨衣里,也是这么黑暗。顺着想下去,本以为忘记的事情,都逐一涌现。他躺在骡车上看着天,父亲抽打骡子的喊叫声,驾,驾。高二那年的冬天,配完眼镜后,他和父亲在路边摊吃水饺,一盘水饺,他吃了一半,然后让父亲再吃。那个冬天,卫华邦知道家里的日子不好过,父亲养了几只羊,本想卖点钱,后来也都病死了。当时的卫华邦沉浸在和女同学的恋爱中,觉得生活美好,其余的一切都无足轻重。四年过去了，他依旧沉浸在恋爱中，不同的是父亲已经死了。他不知道以后会怎么样，还会发生什么，他伸手去抚摸身边的常露。常露背过身，卫华邦抚摸着她的后背。这些都会过去，就像以前那些他沉浸的时刻，后来也都过去了，留下的点滴记忆，也会在不久的将来变得模糊。

第二天上午拍照登记完，卫华邦坐上长途车，下午四点多到站，他从长途站步行到汽车站，站在安乐街口，突然决定去做件事。卫华邦走进旅馆，邓蓉以为有客上门。这人戴着眼镜，穿着黑色的长宽羽绒服，脸上有些稚气像是学生。许桂英回来后，邓蓉向她描述卫华邦，觉得大概是李道广的家属，不然谁还关心这些事情。十几个旅馆问下来，卫华邦除了见到各式的女人，一无所获，他开始怀疑这一切究竟是否真的发生过。

后来每次来车站坐车，卫华邦都会想起这天的事，他当然记不得邓蓉，以及他们之间发生的对话。卫华邦走后，邓蓉怕侯军的家人来找她。过了几天，也就不担心了。她更担心自己的生计。先是公交车站搬迁到了铁路南侧，旅馆生意开始萧条。昌国路上建了新的客运站，长途车站也搬迁了。很快邓蓉也离开了淄博，天南海北又去过许多地方。十年以后，动车北站开始兴建。老火车站的南边修建广场，一大片的民居和商业房划入了拆迁的范围。带给人记忆的东西，在逐渐消失。

叁　后来

按照规定,刑事案件的受害人可以不用火葬,卫学金是土葬的。遗像用的是卫学金在宏远炼油厂干零工时临时入厂证上的照片,面带微笑,显得有些愚钝,没有本人好看。相比村里年迈去世的老人,参加卫学金葬礼的人不少。葬礼结束,卫华邦返回学校。期末考试中,他挂了两科,第二年补考过的。春天,案件宣判,李道广和侯军因抢劫罪,过失致人死亡,符合抢劫罪加重情节,分别判处了八年和六年。没判死刑,付英华多少有些失望,也没再上诉。卫学金死后不出半个月,付英华就去工厂上班了,在家闷着不如上班心情好。开始卫华邦每天给家里打个电话,付英华心疼电话费,让他没事别打。大学毕业后,卫华邦没考上编制教师,去外地闯荡了两年。付英华总是抱怨,电灯坏了没人修,屋顶也在漏水,农忙的时候一个人忙不过来。她说,我死在家里,也没人知道。考虑到付英华年事已高,而自己确实也没有在外地立足的资本,卫华邦又回来了。付英华守寡至今,后来陆续又换过几份工作,等到六十一岁时,才安心在家照看孙子。

卫华邦和妻子牛慧是相亲认识的,牛慧家是附近的,比他大三岁,小学和初中在同一所学校。相亲的那天晚上,卫华邦告诉牛慧,以前上学见过她,有年夏天她穿过一条粉色的短裙,觉得她长得好看。牛慧不记得有过粉色的短裙,对卫华邦也没有任何印象。她说,你太小了。三岁,现在看差距也不大。牛慧技校毕业后,一直在镇上的齐鲁塑编厂上班,只在怀孕和儿子出生时,休息了不到一年的时间。婚后,卫华邦先在宏远炼油厂的车间上班,后来进修成了技术员,负责培训员工和巡查设备。他们没买房子,一直住在村里,寄希望于拆迁分房。十多年过去了,有几次政府发布消息说拆迁,后来又都没影了。他们觉得,在儿子结婚前,应该会拆迁的。儿子卫元沫长到四岁,见别的小朋友都有爷爷,回家问付英华,我爷爷呢?付英华说,死了。他又问,怎么死的?付英华说,生病死的。

2018 年 10 月 16 日星期二初稿
2018 年 11 月 22 日星期四修订终稿

交响乐与安魂曲（代后记）

项静

魏思孝以书写小镇焦虑青年而为人所知，在中短篇小说短暂的时空中，有时候分不清小说中的人物与作者的界限，他们在虚构与纪实的模糊地带并肩创造出一种奇特的冲击力，调笑又模拟着小人物无力掌控的庞大生活。《余事勿取》是带着这个文学世界的惯性开始的，但与之相比有一些改变，如果之前的故事是直线系的，这部作品则是团块状的，开篇即以低抑的视角和冷静的叙事声调，拉开了与那些故事的距离，这是这部结构规整的长篇小说铺叙成篇之必要工具。

《余事勿取》以"人物"为索引分成三个部分：第一部分是以侯军、邓蓉、李道广、王立昌等为主体的乡村或者小镇青年，他们活跃在乡域社会中，创造也沿袭着这个空间的生存法则，这一部分的情节是靠慢动作推进的，在三天的生活中完成了对青年群体的素描和彼此关系的钩沉，也完成了一次偶然性"谋杀"。第二部分看起来特别像辛留村的村庄志,清单式数字呈现,解说词一般的俯视,到最后在幕布上越来越清晰的是卫学金这个人物,是他的善良、隐忍、兴奋、发现、死亡的"英雄"史诗。第三部分写卫学金的儿子卫华邦,一个"八零后"的大学生,游走在城市与乡村之间,对于父亲和乡村社会既游离又深度参与其中。恰如《余事勿取》的标题,小说弃绝其他集中于"生存"、以崭捷简单的风格透视和映照了新世纪初十年左右乡域社会的生活,融入了社会案件、乡村志、小镇青年的元素,撰写了一幅粗粝的乡域社会生存图。在故事发生的时间点上,"齐鲁石化"进入村庄人们的日常视野,传统的标配产业砖瓦厂、淀粉厂破产,小镇青年们在各种行业间不停转换着"战场",有的获利清盘,有的继续游荡,有的远走他乡,他们的爱情与婚姻没多少浪漫色彩,天然地带有一些暴力和沉沦的自然主义色彩。二十世纪五十年代出生的一代中间力量以自己的生命划出艰难的生存形状,情义与坚韧让他们承担着家庭与空间的责任,承受着上一代和子一代的压力,也感受到城乡二元化带来的精神压力。身体和尊严成为最早的牺牲品,即使身患重病,还没有逃脱偶然被杀的命运。作者魏思孝非常看重作品中的卫学金,在一定程度上置入了作者的个人情感(现实生活中父亲的去世和一个儿子对父亲一生的回望),从而把普通农民卫学金的一生叙述成英雄般的一生。平民的英雄无法与顶天立地、丰功伟业这种词汇和形象联系起来,但从生命的深度来讲,依然有其同构性。这个五十而逝的中年农民,在辛留村的背景之上完成了个人生活的"伟业"结婚生子,青年时代的高光时刻,他讲究义气满足于自己的所得,不忍心向破产的弟弟要工钱,在社会的浮沉中,个人生活也经历着大大小小的改变与升降。在生命的结尾,他意识到自己的"一生就是逐渐被抛弃的过程,中间他曾想过跟紧这个时代,就像他最身强力壮的年龄是个骡夫一样,不远处车流不息的公路上已经没有他的位置。"顿悟、兴奋、悲痛、无能为力,甚至那些深情的细节,一一建造着一个厚重、朴实、普通而有力的生命过程,有了这些因被凝视而具有质感的跌宕起伏,完成了渺小而英雄般的一生。

他们的痛苦不仅仅是个人意义上的不平和苦难,他们默默饮吞了宏大社会运动的一切,却没有找到自我释放的窗口和表达机会。在这个意义上,卫学金是与辛留村最匹配的见证人和秘密守卫者,也是改革开放以来当代中国农村社会发展变化的人证。

小说中最年轻的卫华邦们是被保护的"温室里的一代",他们不具备前两代人的野生和坚韧,以各种方式进入城市生活,遭遇爱情与消费主义的窘迫,提前看到了父一辈的辛苦恣睢、兄长一代的暴力与杀戮,父亲之死恰恰是他们的成年礼,温情与残酷联手为他们的人生盖上醒目的戳记。三代人的相遇是故事的收拢之处,也是这部长篇小说的挽结处。相比来说,第一部分是紧张而跃动的,像悬疑电影的节奏;第二部分色彩浓重又压抑,局面却是开阔的,仿佛无处不在的长镜头;第三部分篇幅最短,情绪稀薄而伤感,是年轻一代的抽离与旁观,也是难以纾解和发泄的痛。《余事勿取》通过三个代际人物的描述,完成了新世纪以来乡村社会命运的变奏曲,又以沉潜的情感赋予其间"英雄"们以安魂曲。

乡村社会已经很少进入当代文学写作的核心地带,它很难令人信服地产生具有吸附力和共鸣感的情感和处境,也无法即时提供未来的想象蓝图。但这个还将长期存在的社会空间,是当代中国社会无言的见证者,居于其间的民众,依然是攀藤牵丝的"我们",他们真实的生存状况、复杂的心灵史和因凝视而产生的情感光晕,内在于真诚的书写者视野之内。如果一个空间不再产生精神的愉悦,我们会怀疑自己为何要重复走在恶之旅程中,如果这个空间充溢廉价的诗意和家园感,那也不过是蒙蔽者的视角。《余事勿取》不是孤立的作品,而是在这些背景之上的作品,它既是响彻村庄上空的交响曲,又是安魂曲,暴力和死亡让不同代际的人群在缓慢的生命推进中交混碰撞,也在彼此的映照中扩大了乡村社会的景深,《余事勿取》提供了掀起乡土写作厚重帷幕的一种方式,帷幕之后是什么,还需要更多的作品去擦亮和映现。

项静　评论家、作家,现就职于华东师范大学中文系。出版专著《韩少功论》、评论集《肚腹中的旅行者》《我们这个时代的表情》《在结束的地方开始》《徽章与证词》、小说集《集散地》《清歌》。

图书在版编目（CIP）数据

余事勿取 / 魏思孝著. -- 上海：上海文艺出版社,2023
ISBN 978-7-5321-8724-9
Ⅰ.①余… Ⅱ.①魏… Ⅲ.①长篇小说－中国－当代
Ⅳ.①I247.5
中国国家版本馆CIP数据核字(2023)第097206号

发 行 人：毕　胜
责任编辑：李　霞
装帧设计：周志武

书　　名：余事勿取
作　　者：魏思孝
出　　版：上海世纪出版集团　上海文艺出版社
地　　址：上海市闵行区号景路159弄A座2楼　201101
发　　行：上海文艺出版社发行中心
　　　　　上海市闵行区号景路159弄A座2楼206室　201101　www.ewen.co
印　　刷：苏州市越洋印刷有限公司
开　　本：1092×850　1/32
印　　张：7.375
插　　页：5
字　　数：130,000
印　　次：2023年8月第1版　2023年8月第1次印刷
Ｉ Ｓ Ｂ Ｎ：978-7-5321-8724-9/I.6872
定　　价：59.00元
告 读 者：如发现本书有质量问题请与印刷厂质量科联系　T：0512-68180628